Klaus Modick

MOIN
Oldenburger Geschichten

Klaus Modick

MOIN
Oldenburger Geschichten

ISENSEE VERLAG
OLDENBURG

Titelbild: Iris Dahlke

Bibliografische Information Der Deutschen Bibliothek

Die Deutsche Nationalbibliothek verzeichnet diese Publikation in der
Deutschen Nationalbibliografie; detaillierte bibliografische Daten
sind im Internet über http://dnb.d-nb.de abrufbar.

ISBN 978-3-7308-1545-8

Inhalt

Hier sagt man Moin

ch bin *hier* in Oldenburg geboren und aufgewachsen, und mit diesem *Hier* hatte es in meiner Kindheit eine besondere Bewandtnis: Meine Großmutter zückte ihren schwarz-grün gestreiften Füller mit der breiten Goldfeder und hieb in energischer Handschrift die Adresse aufs Couvert. „Und nun trag mir den Brief mal schnell zum Kasten, bevor er geleert wird."

Das tat ich gern. Dafür gab's nämlich zwei bis drei Turm-Sahnebonbons, und zwar die dicken für zwei Pfennig das Stück. Lesen konnte ich auch schon, was auf dem Couvert klebte und stand: 5-Pfennig-Briefmarke mit Papa Heuss. Name, Straße und Hausnummer. Und *Hier*. *Hier* fett unterstrichen. „Wo ist denn hier?" fragte ich.

„Oldenburg", sagte meine Großmutter, ausgesprochen: Ollnburch, „wo denn sonst?"

Dumme Frage ja eigentlich. *Hier* war, wo wir waren. Und zwar, meine Großmutter zeigte auf den eingerahmten Bürgerbrief an der Wand, schon lange. Seit 1758. Klare Sache also, das *Hier*. Und ab in den Kasten.

An Stelle der Stadt, die der Brief nicht verlassen würde, an Stelle einer heutzutage nach Zustellbezirken logistisch ausdifferenzierten Postleitzahl, die man nun schon für die nähere Nachbarschaft nicht mehr kennt, reichte in den 50er Jahren noch das *Hier*. In anderen Städten dürfte das nicht anders gewesen sein, doch mein *Hier* war nun einmal Oldenburg. Was sonst? Wo sonst?

Jenes knappe *Hier* meiner Großmutter, das auch das *Hier* meiner Kindheit war, gibt es schon lange nicht mehr. Es ist verschwunden – und zwar nicht nur von den Briefcouverts. Denn jenes *Hier* war viel mehr als ein Adressenkürzel. Es war die selbstbewusste Identifikation des Oldenburgers mit seiner Stadt und seinen Bewohnern. Im Wörtchen *Hier* steckte eine Wahrnehmung des Unverwechselbaren, ein Wissen und ein Blick für Eigenarten und fürs Sonderbare, fürs

7

Typische, für einen Menschenschlag, den die Stadt herausbildete und der seinerseits die Stadt prägte.

Damals hatte es dieser Blick freilich leichter, durchzudringen, weil Unterschiede und Gemeinsamkeiten ausgeprägter waren. So manchem Zeitgenossen war noch an Habitus und Kleidung abzulesen, bei altgedienter Welt- und Menschenkenntnis wie der meiner Großmutter manchmal sogar an der Nasenspitze, wes' Geistes oder Berufes, welcher Herkunft oder Region Kind er war. Kam der entsprechende Zungenschlag hinzu, war die Sache klar: Der eingeborene Oldenburger spricht Oldenburg immer noch als Ollnburch aus. Er sagt zu jeder Tages- und Nachtzeit, zum Willkommen so gut wie zum Abschied „Moin", was also keineswegs „Guten Morgen" heißt, sondern als Universalgruß eher dem französischen „Salut" verwandt ist. Er geht auch „umzu". Das heißt, er geht um den Block oder allgemeiner: um etwas herum.

Der Oldenburger trinkt weniger Kaffee als vielmehr schwarzen Tee mit Kandis und Sahne, was wohl dem nah liegenden Ostfriesland geschuldet ist. Im Herbst feiert er Kramermarkt, sozusagen das Oldenburger Oktoberfest, doch erst im Winter kommt die eingeborene Gemütlichkeit ganz zu sich selbst. Denn bei Frost und Schnee kompensiert man dann das Fehlen karnevalistischer Gene durch Kohl- und Pinkelgelage, auf denen Unmengen Grünkohl und Grützwurst mit dem legendär unanständigen Namen verzehrt und mittels lütjer Lagen, Bier plus Korn beziehungsweise Korn plus Bier, verdaut werden.

*

Das meiner Großmutter noch so vertraute Typische hat sich nivelliert in Flüchtigkeit und Mobilität unserer Lebensverhältnisse. Eigenarten verschwimmen zu Multi-Kulti, Idiome verschleifen sich, die groben Unterschiede werden bis zur globalen, zumindest deutscheinigen Unkenntlichkeit fein. Oldenburgs Innenstadt besteht aus einer ausgedehnten, stark frequentierten Fußgängerzone, und man ist enorm stolz, dass es die erste Fußgängerzone Deutschlands war. Da sich aber hier wie überall Kaufhausfilialen und per Merchandising identisch gemachte Niederlassungen von Ladenketten vermehren, die es deckungsgleich in jeder deutschen Fußgängerzone gibt und die alteingesessene Geschäftswelt verdrängen, verliert Oldenburgs Zentrum sukzessive seinen Charakter. Vor kurzem schloss ein Traditionsladen, bei dem schon meine Großmutter gepflegten Nippes kaufte und der sogar noch handbemalte Zinnfiguren vorhielt. Jetzt verkauft man dort Bratwürste.

In dieser früher idyllischen Residenz feiert systematische Stadtzerstörung immer noch traurige Urständ. Oldenburg war bei Kriegsende 1945 nahezu unzerstört – ein unwahrscheinliches, wenn auch unverdientes Glück, bedenkt man den vorauseilenden Gehorsam, mit dem man sich hier schon 1932 eine nationalsozialistische Regierung spendierte. Während man sich aber in den Trümmerwüsten der zerstörten Städte an den Wiederaufbau machte, riss man in Oldenburg kurzerhand nieder, was die alliierten Bombergeschwader verschont hatten.

Die Liste dessen, was dem hemmungslosen Modernisierungswahn der fünfziger und sechziger Jahre zum Opfer fiel, ist ebenso lang wie traurig. Den unrühmlichen Gipfel des städtebaulichen Massakers bildeten Maßnahmen ums Schloss herum, dem architektonischen Herzen der Stadt. Die so genannte Schlossfreiheit wurde abgerissen und durch gnadenlose Waschbeton-Hässlichkeit ersetzt, der Paradewall und die Verbindung zwischen Schloss und Schlossgarten dem Autoverkehr geopfert.

Damit war ein einmaliges städtebauliches Ensemble unwiederbringlich vernichtet – dass an gleicher Stelle nun die Monstrosität eines Einkaufszentrums das Schloss und sein Umfeld verschandelt, ist in der fortschrittsnärrischen Logik Oldenburger Baupolitik nur die letzte Konsequenz. Der ersten Einkaufspassage Oldenburgs fiel das Geburtshaus des Philosophen Herbart zum Opfer: die Bezeichnung Herbartgang darf also ebenso als zynische Verlustmeldung begriffen werden wie der Euphemismus Schlosshöfe für den in Beton gegossenen Größenwahn ECE. Für die Passage Boykengang, einer Spekulationsruine aus dem neoliberalistischen Lehrbuch, wurden denkmalgeschützte Häuser abgerissen, und wo im Lambertihof heute chronischer Leerstand gähnt, pulsierte einst lebendige Urbanität unter der floralen Gusseisenarchitektur der alten Markthalle.

*

Trotz solcher Selbstverstümmelungen hat sich die Stadt ein freundliches Flair erhalten, eine unverschnarchte, weltoffene Provinzialität. Als ich Oldenburg 1971 verließ, stand die Universität, um deren Namensgeber Carl von Ossietzky in den siebziger Jahren ein absurder Kulturkampf entbrannte, kurz vor ihrer Gründung, und seitdem hat sie dem geistigen und kulturellen Leben dieser Stadt, die als Residenzstadt stets eine Hochburg des Bildungsbürgertums war, starke Impulse gegeben. Laut Auskunft eines Verlagsvertreters gibt es hier die prozentual höchste Buchhändlerdichte Deutschlands – ein Umstand, den ich als Schriftsteller besonders erfreulich finde.

Erfreulich auch das dreispartige Staatstheater, um das manch größere Stadt Oldenburg beneidet. Es ist, wie vieles hier, ein Relikt der Duodezvergangenheit, der man mit ironischer Nostalgie immer noch anhängt. Inzwischen aus Hannover regiert zu werden, ist überzeugten Oldenburgern wie mir jedenfalls leicht suspekt. Auch im Schlossgarten, in dem ich zwischen Rhododendren, Rosenbeeten und altem Baumbestand meinen Morgenspaziergang mache, gedenke ich dankbar der verblichenen Feudalherren. Übrigens ist im Schlossgarten das Radfahren untersagt. Das ist deshalb der Rede wert, weil Oldenburg immer schon eine Fahrradstadt war. Wer an den Rändern der City oder am Bahnhof die abgestellten Rädermassen sieht, mag sich an Peking zu Maos Zeiten erinnert fühlen.

Die Stadt hat, mit einem altertümlichen Wort, etwas Behagliches. Nicht zuletzt behagt mir das moderate Niveau der Lebenshaltungskosten – die große Wohnung mit Garten in einem der von Klassizismus und Jugendstil geprägten, stadtnahen Wohngebiete könnte ich mir in Hamburg, München oder Frankfurt kaum leisten. Ein Fußweg von fünf Minuten – schon bin ich am Markt im Schatten von Lambertikirche und Rathaus. Am Rathaus hängt ein Glockenspiel. Es ist sehr laut. Und es ist übel verstimmt. Das wiederum verstimmt mich, aber ansonsten stimme ich mit Oldenburg durchaus überein.

*

Nach dreißig Jahren im Anderswo bin ich wieder *hier* gelandet, weniger aus nostalgischer Neigung oder Heimweh, sondern eher zufällig. Ich habe 18 Jahre in Hamburg gelebt, ein paar Jahre auf dem Land, ein Jahr in Rom, ein Jahr in Paris und insgesamt mehr als vier Jahre in den USA. Zurückkehren kann ja nur, wer mal weg war, nach Hause kommen kann nur, wer das Fremde erfahren hat. Lebenslänglich hätte ich es hier nie ausgehalten, aber als Heimathafen bietet Oldenburg angenehme, windstille Ankerplätze. *Hier* lässt sich's leben. Und schreiben.

Vor einigen Jahren berichtete eine meiner Töchter, in der Schule sei nach überregional bekannten Künstlern und Intellektuellen gefragt worden, die aus Oldenburg stammen. Nach langem Grübeln und der Eselsbrücke „Museum" sei endlich der Name Horst Jansen gefallen, der zwar gar nicht in Oldenburg geboren wurde, aber hier immerhin aufwuchs und es schließlich sogar zur Ehrenbürgerschaft, einem Grab auf dem Gertrudenfriedhof und jenem nach ihm benannten Museum brachte. Und sonst? Erneutes, schweigendes Grübeln.

Ob denn niemand auf Johann Friedrich Herbart oder Karl Jaspers gekommen sei? erkundigte ich mich. Immerhin bedeutende Philosophen.

„Nö", sagte meine Tochter.

Oder auf den Fußballtorwart Jörg Butt? Immerhin ein Ballkünstler. Oder auf Ulrike Meinhof? Immerhin und trotz alledem eine Intellektuelle. Oder den Satiriker Bernd Eilert? Immerhin ein Gründungsmitglied der Neuen Frankfurter Schule.

„Nö. Aber Judith und Mel", sagte meine Tochter. „Und Dieter Bohlen."

Natürlich! Dieter Bohlen! Vermutlich der prominenteste „Künstler", den Oldenburg je hervorgebracht hat.

Die Lehrerin habe nachgefasst, wie's denn mit der Literatur sei, und dabei meine Tochter insistierend fixiert. Eine Klassenkameradin habe dann schließlich meinen Namen genannt. Wohl mit gedachtem Fragezeichen. Das sei meiner Tochter „krass peinlich" gewesen.

Das konnte ich ihr nachfühlen.

Ein Firmenschild

in filigranes Geflecht stilisierten Weinlaubs aus Schmiedeeisen umrankt den Frakturschriftzug *Weinkeller*, unter dem prall und glänzend eine Rebe aus Messing hängt, durchs luftige Rankenornament jedoch in schwereloser Schwebe gehalten. Mit dem historistisch verspielten, prunkvollen Dekor der Fassade bildet das Schild eine derart organische Einheit, dass im flüchtigen Blick des Passanten der Eindruck entstehen könnte, es sei nicht an der Hauswand befestigt worden, sondern ihrer ornamentalen Üppigkeit entsprossen. Und was das Firmenschild verspricht, liegt ihm auch gleich zu Füßen: Wein. An der Hauswand reiht sich Holzfass an Holzfass, von der Ecke Lange Straße die gesamte Baumgartenstraße entlang. Zu sehen sind an die 50 Fässer, und wenn man im Geiste weiter zählt, dürften es bis zur Ecke Achternstraße gut und gern über 100 sein.

Das denkwürdige Genrebild verdanken wir einer ehrwürdig verblichenen Fotografie aus dem Jahre 1906. Sie zeugt von der Trinkfestigkeit unserer Urgroßeltern und Großeltern und zeigt die Fassadenflucht jenes Gebäudekomplexes, der zwischen 1860 und 1890 in mehreren Bauabschnitten errichtet wurde, um der Firma Joh. Heinrich Hoyer als Geschäftshaus zu dienen. Unsere Altvorderen pichelten ihre Schoppen im Weinkeller, dem sich eine Weinhandlung und ein Kolonialwarenladen anschlossen. Der hintere Gebäudetrakt war an die Schankwirtschaft *Pschorr Bräu* verpachtet, die im Gewölbekeller auch eine Tanzdiele betrieb. Mein Vater hat mir einmal erzählt, dass er in den dreißiger Jahren als Gymnasiast und in den vierziger Jahren als Frontoffizier auf Heimaturlaub dort gern das Tanzbein geschwungen habe.

Im Lauf von über 100 Jahren wechselten Besitzer und Betreiber des Ensembles mehrfach, doch irgendein freundlicher *genius loci* scheint darüber gewacht zu haben, dass dieser Teil der Baumgartenstraße stets Heimat einer Gastronomie blieb, deren Interieurs und Musikangebote mit den jeweiligen Moden kamen und gingen, die jedoch immer ein bestimmtes Publikum anzog, jüngere Leute zumeist, Schüler der städtischen Gymnasien, Studenten des Lehrerseminars, später der Pädagogischen Hochschule und dann der Universität. In den fünfziger Jahren mutierte das *Pschorr Bräu* zum *Löwenbräu*; die Tanzdiele hieß nun *Palette* und war um 1960 herum Treffpunkt von Künstlern, Lebenskünstlern, Theaterleuten und der existentialistisch gestimmten Intelligenz. Man kleidete sich schwarz, rauchte Pfeife oder filterlose Gauloise, hörte Play Bach und Hildegard Knef, verachtete mit Heidegger jede Form des „man" und erholte sich in der *Palette* vom Gefühl des In-die-Welt-Geworfenseins, für das die Lektüre von Camus und Sartre verantwortlich war.

Spätestens Mitte der sechziger Jahre war die existentialistische Schwermut jedoch verweht vom frischen Wind eines Lebensgefühls, das seinen entscheidenden Ausdruck in der Beat- und Rockmusik fand. Die *Palette* wurde zur Diskothek *Montparnasse* und Heinrich Hoyers Weinkeller zum *Gretna Green* – zusammen bildeten sie einen längst Legende gewordenen Doppelpack der Oldenburger Kneipenszene. Beide Lokale wurden vornehmlich von Schülern und Studenten frequentiert. Diskotheken waren damals noch eine Seltenheit, weshalb sich das *Montparnasse*, kurz und liebevoll *Monti* genannt, größter Beliebtheit erfreute. Geöffnet wurde an manchen Tagen bereits nachmittags um Drei, so dass man fast übergangslos vom Klassenzimmer auf die Tanzfläche wechseln konnte – wodurch so manches Abitur in Gefahr geriet.

Das *Gretna Green* war eher eine gediegen-klassische Bierkneipe mit langem Tresen und einem offenen Kamin, an dem Würstchen gegrillt wurden. In der Pistolenstraße, der Gasse zwischen Baumgartenstraße und Markt, hatte sich inzwischen auch noch die Diskothek *Farmer Bill* etabliert, die allerdings als Haschhöhle verrufen war und von Schülern eher gemieden wurde – oder jedenfalls tunlichst gemieden werden sollte. Die Musik aber war überall die gleiche: Der Sound der Swinging Sixties, über den man sich auf beiden Seiten der Baumgartenstraße einig wusste. Nur die alte Streitfrage, ob Beatles oder Rolling Stones die bessere Band waren, blieb bis heute ungeklärt. (Wenn man mich fragt: Beatles!) Das Oldenburg der 60er Jahre war nicht London, und dennoch kam es uns so vor, als sei die Baumgartenstraße damals eine Art Verlängerung der Carnagie Street gewesen.

Das *Löwenbräu* war unterdessen dem *Montparnasse* einverleibt worden, und der Betreiber baute den hinteren Teil des Lokals zur *Scala* aus, einer Bühne, auf der an den Wochenenden Live-Bands auftraten, die Shakespeares aus Bremen beispielsweise, aber auch ein gewisser Eberhard Jupe, der damals als Mel Jersey recht schmissige, wenn auch nur mäßig erfolgreiche Rockmusik ablieferte, heute jedoch 50 Prozent des Oldenburger Gesangsduos Judith und Mel ausmacht, das unmäßig erfolgreiche, so genannte Volksmusik absondert.

Als ich nach dem Abitur 1971 Oldenburg verließ, hatten *Montparnasse* und *Gretna Green* ihre große Zeit schon weitgehend hinter sich. Teile des Publikum tranken und flirteten nun anderswo; insbesondere bot das *Dammtor* am Damm so manchem versprengten Ex-Monti-Gänger Exil. Die Kneipenszene in der Baumgartenstraße blieb gleichwohl unter wechselnden Flaggen und Neon-Firmenschildern erhalten.

Dreißig Jahre später zog ich mit meiner Familie wieder nach Oldenburg. Und meine Töchter, inzwischen selbst zu Teenagern und Gymnasiastinnen gereift, zog es sogleich und unwiderstehlich in die Baumgartenstraße. Dort hatte sich in all den Jahren offenbar nichts verändert, nur dass das *Montparnasse* nun *Schmizz* hieß.

„Ach", sagte ich, „da sind wir früher auch immer hingegangen. Und da würde ich auch gerne mal wieder reinschauen."

Meine Töchter zogen die Stirnen kraus. „Das geht nicht, Papa."

„Wieso nicht?" sagte ich.

„Dafür bist du doch viel zu alt."

Gut gegeben! Inzwischen heißt das *Schmizz* übrigens *Cubes*, aber ob nun *Cubes*, *César* oder *Schmizz*, *Monti*, *Palette* oder *Pschorr Bräu* – die Sache ist sich über ein Jahrhundert mehr oder minder gleich und irgendwie rührend treu geblieben. Und irgendwann werden auch meine Töchter zu alt sein, um dort mal wieder vorbeizuschauen, wo ihre Kinder dann verkehren, feiern, flirten und Musik hören.

Das *Gretna Green*, vormals Hoyers Weinkeller, heißt heute übrigens *Loft*. Und demnächst wird es, dem Zeitgeist Tribut zollend, gewiss auch mal wieder anders heißen. So lange aber das schmiedeiserne Firmenschild von Hoyers Weinkeller über dem Eingang hängt, wird sich in der Baumgartenstraße nichts Wesentliches ändern. Ich glaube nämlich, dass der ominöse *genius loci*, der freundliche, alterslose Hausgeist der Straße, seinen Sitz im filigralen Geranke dieses Schildes hat.

Die Stellvertreterin
oder
Wie Bernhard Winter einmal
meine Oma malte

on seinen Kriegserlebnissen hat mein Vater nicht viel erzählt. Und wenn er es doch dann und wann tat, dann widerwillig und in anekdotenhaften Verkürzungen, mit denen er sich wohl das Grauen der Erinnerung vom Leib hielt, so weit
das möglich war, steckte ihm doch – als Orden der besonders unvergesslichen Art – ein russischer Granatsplitter im Rücken, der ihm
das Bücken schwer machte und sein entschiedenes „Nie wieder"
schmerzhaft-gestisch unterstrich. Allergisch reagierte er auf Annäherungsversuche „alter Kameraden" und unverbesserlicher Veteranenvereine, die ihn als ehemaligen Offizier und mehrfach hoch dekorierten „Kriegshelden" gern in ihren kommissköpfigen Reihen gesehen
hätten. Als besonders hartnäckig erwiesen sich vor allem solche Clubs,
in denen sich Ritterkreuzträger zusammenfanden, weil sie offenbar
davon ausgingen, dass Träger dieses Ordens vom Schwelgen in ihrer
kriegerischen Vergangenheit nie genug bekommen konnten. Mein Vater wies solche unbelehrbaren Verklärer ab, wie er schon die künstlerische Verklärung der Ordensverleihung selbst abgelehnt hatte.

Und damit beginnt die Geschichte eines merkwürdigen Gemäldes. Das Ritterkreuz hatte mein Vater nämlich Anfang 1945 bekommen, als er mit seiner Kompanie das tat, was zu dem Zeitpunkt
überhaupt noch militärisch sinnvoll zu tun war: Einen schwierigen
Rückzug vor der unaufhaltsam vorrückenden Roten Armee zu decken. Oldenburg, die Heimat meines Vaters, die in der politischen
Geschichte des Nationalsozialismus eine höchst unrühmliche Vorreiterrolle gespielt hatte, war stolz auf diesen Sohn der Stadt, und
beauftragte den Malerfürsten der ehemaligen Residenz, ihn mitsamt Orden in Öl zu verewigen.

Aber mein Vater weigerte sich. Dafür sei ihm sein knapper Urlaub zu schade. „Wenn der Winter unbedingt malen will", soll er gesagt haben, „kann er ja meine Mutter malen."

Und genau das tat Bernhard Winter dann auch.

Und wer war Bernhard Winter (1871-1964), den nicht zu kennen auch für kunstgeschichtlich halbwegs Kundige, jedenfalls soweit sie nicht aus Oldenburg kommen, keine Schande ist? Nach einem Studium an der Akademie in Dresden war er um 1900 zum repräsentativen Künstler des Duodezfürstentums Oldenburg avanciert. Mit realistischer Rechtschaffenheit altmeisterlich-akribisch gemalter, behaglich anekdotenhafter und idyllisch verklärter Genreszenen aus dem bäuerlichen und bürgerlichen Leben (in der bereits damals hoffnungslos verspäteten Nachfolge Thomas oder Leibls), sowie als Porträtist der „besseren Gesellschaft" Oldenburgs, erwarb er sich die Protektion des Großherzoglichen Hofs. Anschaulichkeit, Inhaltsbezogenheit und akribische Detailfreude machten seine Bilder eingängig und suggerierten faktische Glaubwürdigkeit – aber das Plastische erstarrte zu unveränderlichen Formen, und das Minutiöse unterstrich immer nur das nicht Veränderbare.

Der politische Umbruch, vor allem aber die künstlerischen Innovationsschübe der Weimarer Jahre wie Expressionismus und Neue Sachlichkeit, ließen Winters Stern verblassen. Doch als 1932 das agrarisch-mittelständisch geprägte Großherzogtum Oldenburg sich als erstes Land im Deutschen Reich eine nationalsozialistische Alleinregierung wählte, schlug mit der „kulturpolitischen Wende" der Nazis erneut die Stunde Winters. Immer schon meilenweit von dem entfernt, was der nationalsozialistische Kunstbegriff als „entartet" denunzierte, bekannte Winter sich lautstark zum „tiefen, deutschen Artglauben", verwahrte sich gegen „zersetzende Einflüsse" innerhalb der Kunst und charakterisierte sein eigenes Werk durch den ebenso kernigen wie dämlichen Satz: „Sei zuerst deutsch und stütze edles Volkstum, wo du es findest." Fündig in diesem Sinn wurde Winter schnell, indem er zum Beispiel 1933 ein ganzfiguriges Porträt des stiernackigen Oldenburger Gauleiters Röver malte.

Und weil ein „Held" Anfang 1945 die Schnauze von 12 Jahren 1000-jährigen Reiches gestrichen voll hatte und weder mit noch ohne Ritterkreuz vor Winter posieren wollte, malte Winter also Frau Hanne Modick (1890-1974), die Heldenmutter. Im preußischen, fast militärischen Grau-Blau, die eng anliegende Halsbrosche kann, wer will, als Orden des Heldensohns deuten, sitzt sie da mit verschränkten Händen. Sind sie zum Gebet gefaltet, dass die drei Söhne heil nach Haus kommen mögen? Ist es das sprichwörtliche Händeringen über das aus allem „Heil" längst hereingebrochene Unheil? Oder nur ein Rest Disziplin, ein Sich-Zusammennehmen und Zusammen-Raffen in einer Situation, in der alles in Scherben fällt? Der skeptische, aber nicht unfreundliche Blick scheint zwischen Stolz und banger Frage zu schwanken, was das nun alles noch solle. Und das Braun der Wand – wirkt es nicht ausgelaugt, schmutzig und beschissen? In der kargen Sachlichkeit des Arrangements fristen rechts neben dem Sessel in Form eines Kissens die schönen Ornamente des Jugendstils, der einst die Jugend dieser Frau bestimmt hatte, eine letzte Randexistenz. Und schließlich die Bücher im Bücherschrank hinter der Porträtierten: Die Titel auf den Rücken sind, Winters Detailfanatismus zum Trotz, nicht leserlich, als ob die letzten und besten Werte des Bildungsbürgertum aufgerieben und fadenscheinig geworden sind zwischen feldgrauer Durchhaltedisziplin und dem sich abzeichnenden Elend der Nachkriegsjahre.

Die kunstkritische Presse im verschlafenen Oldenburg hatte nicht nur und nicht immer aus Jubelschranzen Winters bestanden; schon 1893 war einem wachen Geist angesichts seiner Porträts der Gedanke gekommen: „Seine Objekte posieren zu viel, sie sitzen da, um gemalt zu werden." Und diese Bemerkung charakterisiert sehr treffend auch das Porträt meiner Großmutter. Aber weil es gewissermaßen ein Stellvertreter-Porträt ist, bekommt es für den, der um die dahinter stehende Geschichte weiß und Bilder zu lesen versteht, doch etwas Brüchiges und Doppelbödiges, in den auf den ersten Blick nebensächlichen Details fast Geisterhaft-Verschwimmendes, als habe der absehbare Zusammenbruch des Dritten Reichs Winters Glauben an „edles Volkstum" erschüttert und seine Hand zum Zittern gebracht.

Legendäre Lokale

o richtig dabei gewesen ist man bekanntlich immer erst in der Erinnerung. Und das liegt unter anderem an dem noch bekannteren Umstand, dass früher grundsätzlich alles besser war. Deshalb war früher das Essen nicht nur billiger, sondern es schmeckte selbstverständlich auch besser. Und das wiederum hing ursächlich mit den legendären Restaurants zusammen, in denen das Essen gekocht und serviert wurde. Auch aus Oldenburg sind die Lokale jenes märchenhaften Damals längst verschwunden, und je länger sie verschwunden sind, desto legendärer werden sie. Zwecks mentaler Wiederbelebung ihrer Atmosphären und Speisekarten, ihres Personals und ihres Publikums, kann man sich folgender altbewährter Rezeptur bedienen: Man nehme einen Esslöffel Es-war-einmal-Körnchen, vermische diese mit einer Prise pulverisierter Nostalgie-Knolle und einer Messerspitze zartbitterer Niewieder-Schote und mische und zermahle das Ganze in einer gedächtnisüblichen Erinnerungsmühle. Die Mixtur kann dann als Dejá-Vù-Tee aufgegossen oder in einer langstieligen Pfeife der Firma Vergissmeinnicht geraucht werden. Außer temporären Anfällen von Vergangenheitswahn und Früher-Fieber sind bislang keine Risiken und Nebenwirkungen beobachtet worden.

Und so sehen wir uns dann plötzlich am Leffers-Eck eine Schwingtür aufstoßen und, da es Winter ist, den schweren, grünen Filzvorhang beiseite schieben, hinter dem sich die holzvertäfelten Räume des Stedinger Hofs auftun. Dies Restaurant, das anfangs im ersten Stock noch Hotelzimmer angeboten hatte, war seit etwa 1800 eine Institution – sozusagen das gastronomische Wahrzeichen des ehemaligen Duodezfürstentums Oldenburg. Herr Rave, der Inhaber, hörte auf den stolzen Vornamen Cäsar, und in seinem kulinarischen Reich waltete er auch wie ein energischer, umsichtiger Herrscher. Auf den Simsen der Holzvertäfelungen prangten Zinnbecher, Bierhumpen und Sammelteller. Unter den vom Tabaksrauch der

Generationen geschwärzten Deckenbalken, von denen Segelschiffmodelle hingen, wurde gutbürgerlich getafelt. Wie es sich gehörte, gab es im Winter selbstverständlich und alle Jahre wieder Grünkohl und im Frühling Spargel. In den Hinterzimmern trafen sich die üblichen Geschlossenen Gesellschaften, Hochzeiten, Vereine, Jubiläen, Schülerverbindungen.

Als der Stedinger Hof im Jahr 1973 für immer schloss, fand das trauernde Stammpublikum Asyl in der Gaststätte Steffmann in der Kurwickstraße, eine zwar nicht ganz so altehrwürdige Variante gutbürgerlicher Gastronomie wie der Stedinger Hof, aber das Speisenangebot war ähnlich solide und das Ambiente ähnlich robust. In Zeiten von Sushi und Döner, Fast- und Designer-Food, hatte die gute alte Hausmannskost jedoch einen immer schwereren Stand, so dass vor einigen Jahren auch Familie Steffmann den Betrieb einstellen musste und das Haus verkaufte. Es steht übrigens noch, wenn auch ungenutzt und offenbar rein spekulativ.

Als letzte Bastion traditioneller deutscher Küche und einer Dekorations-Gemütlichkeit, die zwar längst obsolet geworden ist, in der aber Ratsherrenpfannen und Kohlrouladen einfach besser schmecken als unter Neonlicht, Kunstleder und Spiegelglas, erwies sich der bislang unverwüstliche Ratskeller. Verschwunden ist jedoch auch unter dessen altdeutschem Tonnengewölbe – wie überall – der graublaue Dunst aus Pfeifen und Zigarren, der einst zu solchen Lokalen gehört hatte wie dicke Bohnen mit Speck, Leber Berliner Art, Scholle Satt oder Hirschgulasch mit Rotkohl.

Zu jenen märchenhaften Zeiten, da ein allgemeines Rauchverbot so unvorstellbar gewesen wäre wie der Grünkohl ohne Pinkel, gab es allerdings ein Restaurant, das wie eine alkohol- und nikotinfreie Insel in einem Meer von Qualm und Bier direkt gegenüber dem Theater lag. Das Ottilie-Hoffmann-Haus, ein Überbleibsel der jugendbewegten Reform- und Abstinenzbestrebungen um 1900, war ein Gasthaus, in dem sehr energische Damen – ganz in weiß gekleidet und somit Krankenschwestern ähnlich – Sellerieschnitzel, Hirsebratlinge, Rote-Beete-Ragout, Linsensoufflés und Sauerkrautsaft kredenzten. Einmal pro Woche kreuzte meine Oma zum

Mittagstisch im Ottilie-Hoffmann-Haus auf; zwar war sie weder Vegetarierin noch Temperenzlerin, hatte aber eine Jugend voller Reformbegeisterung und Wandervogelseligkeit hinter sich, deren freundlicher Geist im Ottilie-Hoffmann-Haus noch herumspukte und meine Oma daran erinnerte, dass sie auch einmal jung gewesen war.

Das Stammlokal meiner Großmutter war jedoch das Café Hassenbürger in der Raiffeisenstraße. Dort traf sich in der Beletage unterm Walmdach einer romantischen Fachwerkvilla das weibliche Element des Oldenburger Groß- und Bildungsbürgertums zum Kaffeeklatsch bei Tee und Mokka, Schwarzwälder Torte und Windbeuteln, Baumkuchen und Plundergebäck. Im Sommer fanden Klatsch und Tratsch im prächtigen Garten statt. Meine Oma und ihre Freundinnen feierten hier auch ihre runden Geburtstage als geschlossene Gesellschaften. Heute gehört die Villa zum Ensemble des Stadtmuseums. Wo einst der Garten lag, steht jetzt das Horst-Jansen-Museum. Wenn man ganz leise durch die Räume wandelt, kann man vielleicht noch aus einem vergessenen Irgendwo gedämpftes Plaudern hören, leises Lachen, das matte Klacken von Kuchengabeln auf Porzellan und das feine Knistern des im heißen Ostfriesentee zerspringenden Kandis.

Was meiner Oma das Hassenbürger, war meiner Generation das Café Bär, gelegen auf mehreren Etagen eines Betonneubaus im Herbartgang. Besonders beliebt war bei gutem Wetter die Dachterrasse. Rammelvoll wurde es hier immer an Samstagen, wenn nach Schulschluss die Schülerinnen und Schüler der Oldenburger Gymnasien das Café Bär zu einem mehrstöckigen Flirtbasar machten. Auf dem kleinen Platz vor dem Café stand im Sommer ein Softeis-Wagen, vor dem sich lange Schlangen bildeten. Die Tatsache, dass Schüler mit ihrem kargen Taschengeld wenig Umsatz brachten und nicht einmal das Eis im Café, sondern an der Bude davor kauften, mag dazu beigetragen haben, dass das Café Bär Ende der 70er Jahre schloss.

Ein paar Ecken weiter am Heiligengeistwall, gegenüber der Ruine des Wall-Kinos, das einst ein stilechter Art-Deco-Bau gewesen war, ging es besonders volkstümlich zu. Dort befand sich nämlich die legendärste aller Oldenburger Gastronomielegenden: Der Wurst-Maxe. In einer für die 50er Jahre typischen Kurve spannte sich dieser 1953 erbaute Stehimbiss zwischen dem Teppichhaus Ullmann und einer Bedürfnisanstalt. Im Winter wurde der zur Straße offene Tresen durch ein Vorzelt geschützt. Die Speisekarte war übersichtlich: Rostbratwurst mit Weißbrot und Senf (eine Mark), Schaschlick (einsfuffzig), Frikadelle (einszehn), Bockwurst (80 Pfennig), Astra Flaschenbier (90 Pfennig), Sinalco und Apfelsaft (je 70 Pfennig). Trotz dieses kargen Angebots erfreute sich der Wurst-Maxe enormer Beliebtheit, nicht nur, weil die Rostbratwurst als unschlagbar delikat galt, sondern besonders auch bei so genannten Nachtschwärmern, weil die Bude bis 5 Uhr morgens geöffnet hatte. 1991 wurden Wurst-Maxe samt Bedürfnisanstalt sang-, klang- und gnadenlos abgerissen. Wo warst du, Denkmalschutz?

Diese Frage, die sich in Oldenburg leider an viel zu vielen Ecken und Enden aufdrängt, ließe sich auch und besonders an den Stau, den Oldenburger Stadthafen, richten, an dessen Rand der Handelshof und das traditionsreiche Kunstgewerbemuseum dem Modernisierungswahn der Nachkriegszeit zum Opfer fielen. Der gastronomische Supergau war jedoch der Schiffbruch der schwimmenden Fischbratküche, die dort in einem umgebauten Alsterdampfer am Kai lag. Eine schwankende Gangway führte an Bord, wo es zwischen allerlei maritimem Dekorationsschnickschnack à la Steuerruder, Rettungsringen und Haifischflossen ebenso preiswerte wie üppig portionierte und enorm schmackhafte Fischgerichte gab. Scholle, Kabeljau, Rotbarsch, Brathering, Aalsuppe, dazu hausgemachten Gurken- und Kartoffelsalat oder Bratkartoffeln. Die Getränkeauswahl erschöpfte sich in Kaffee und Flaschenbier für die Erwachsenen, Fassbrause und Bluna für die Kinder. Mitte der 50er Jahre brannte das Schiff aus, wurde aber in einer Emdener Werft repariert und renoviert und erfreute sich weiterhin größter Beliebtheit. Als dann jedoch der Stau 1962 im vorderen Bereich zu einem Verkehrsknotenpunkt überbaut wurde – eine von vielen Bausünden Oldenburgs – verlor auch die Fischbratküche ihren Liegeplatz. Der Kahn musste aufgegeben werden, und das Lokal zog in ein

Haus am Stau um. Ohne Wasser unterm Kiel erging es der Fischbratküche allerdings schon bald wie einem Fisch auf dem Trockenen.
Bei meinem letzten Besuch wurde auf einem Schild die bevorste-
hende Schließung des Lokals angekündigt. Mein Vater warf noch
einmal einen Groschen in die Spendendose der Deutschen Gesellschaft zur Rettung Schiffbrüchiger, und auf dem Nachhauseweg
summte und brummte er melancholisch Freddy Quinns Seemans-
lied „Vergangen, vergessen, vorüber".

Schilda ist überall

Editorische Vorbemerkung

Wie bereits in der hiesigen Presse berichtet, ist beim Bau des Großparkhauses und dem daher notwendigen Abriss des letzten denkmalgeschützten Hauses der Stadt ein auf Kuhhaut geschriebenes Manuskript aufgefunden worden. Nach eingehender Prüfung durch ein philologisches und historisches Expertengremium steht nunmehr fest, dass es sich dabei um ein bislang als verschollen geltendes Kapitel des Schwankromans *Das Lalebuch. Wunderseltsame, abenteuerliche, unerhörte und bisher unbeschriebene Geschichten und Taten der Lalen zu Laleburg* aus dem Jahr 1597 handelt. Die zweite Ausgabe dieses Werks wurde übrigens unter dem Titel *Die Schildbürger* allgemein bekannt und zu einer Art Volksbuch deutscher Dummheit. Dem heutigen Sprachgebrauch behutsam angepasst, wird im Folgenden der Text dieses Sensationsfunds erstmals und exklusiv zum Abdruck gebracht.

Wie die Schildbürger ihr Schloss retteten

ls der große Krieg, der das Land verwüstet und die Städte in Schutt und Asche gelegt hatte, vorüber war, blieb nur die Stadt Schilda von den Feinden verschont und stand unversehrt in alter Pracht da. Das war freilich nicht der Gutmütigkeit der Feinde, sondern ihrer besonderen Arglist zu danken. Denn die sprichwörtliche Dummheit der Schildbürger hatte sich längst ja auch unter den Feinden herumgesprochen. „Das Schießpulver können wir uns sparen", hatten nämlich die Feinde zueinander

gesagt, „sind doch die Bürger dieser Stadt so dumm, dass sie eigenhändig in Trümmer legen werden, was wir verschonen."

Und so kam es dann auch. Nachdem die Schildbürger sich über ihr unverdientes Glück verwundert die Augen gerieben hatten, stellten sie fest, dass in all den landauf, landab zerstörten Städten die in Trümmer geschossenen, schönen alten Gebäude hastig durch hässliche Neubauten ersetzt wurden. In ihrer Dummheit, die das Neue mit dem Schönen verwechselte, beschlossen die Schildbürger also, ihre alten, schönen Häuser niederzureißen und gegen hässliche auszutauschen. „Hauptsache neu", sagten sie. In jenen Jahren kamen auch größere Kutschen und schnellere Karren in Mode, und immer mehr Verkehr drängte in die Stadt. Die Schildbürger freute das sehr, und da sie von ihrem närrischen Abrisswahn so berauscht waren, schlugen sie auch gleich noch breite Schneisen durch die schönsten Teile ihrer Stadt, auf dass all die Kutschen und Wagen schneller an ihr Ziel kommen könnten.

Aus den ganz alten Zeiten, da noch ein Herzog über Schilda geherrscht hatte, erhob sich mitten in der Stadt ein wunderschönes Schloss mit prächtigen Kavaliershäusern und einem Marstall. Das war die sogenannte Schlossmeile, und natürlich griffen die Schildbürger beherzt zu ihren Hacken, rissen weg und hackten nieder, dass es nur so eine Lust war, und errichteten dort hässliche neue Häuser für die mächtigen Kaufleute und Bankiers. Schließlich bauten sie auf die alte Schlossmeile ein Badehaus, das so ungeheuer neu war, dass selbst einigen der Schildbürger Zweifel kamen, ob es überhaupt schön sei. Das Schloss ließen sie einstweilen noch stehen, weil sie nicht recht wussten, was sie dann mit dem großen Platz anfangen sollten, und abzureißen gab es ja sowieso in Hülle und Fülle. Da stand zum Beispiel noch eine alte Feuerwache, herrlich wie ein Lustschlösschen. „Weg damit", sagten die Schildbürger. „Platz für die Kutschen." Und da stand ja auch noch das würdige Geburtshaus des berühmten Philosophen Bartherr. „Weg damit", sagten die Schildbürger, „Platz für die Kaufleute!" und hingen an die leere Stelle, an der das Haus gestanden hatte, ein Schild mit der Aufschrift „Bartherrgang".

Inzwischen hatte es sich bis zum Landesfürsten herumgesprochen, welche Narreteien die Schildbürger da trieben, und ein Minister des Landesherrn erließ ein Dekret, das dem hemmungslosen Treiben ein Ende setzen sollte. Aber die Schildbürger schmunzelten nur und flüsterten sich hinter vorgehaltener Hand abends beim Bier ihre heimliche Losung zu. Die lautete nämlich: „Was schert uns denn der Denkmalschutz? Hau weg den Scheiss, reiß ab den Schmutz." Und dann lachten sie, prosteten sich zu, gingen zu Bett und griffen am nächsten Tag wieder zu ihren Hacken.

Das ging so ein halbes Jahrhundert seinen Gang. So mancher Bürgermeister kam und ging auch wieder, und das hässliche Alte wich weiter dem schönen Neuen, bis eines Tages kaum noch ein Gebäude stand, das abzureißen sich gelohnt hätte. Darüber ärgerte sich der amtierende Bürgermeister natürlich sehr. Alle seine Vorgänger hatten etwas abreißen dürfen, nur ihm war nichts geblieben. Da brachte ihn ein märchenhaft reicher Kaufmann, mit dem der Bürgermeister gern den einen oder anderen Humpen Bier trank, auf die rettende Idee. Das Schloss! Das Schloss stand ja unsinnigerweise immer noch an der gleichen Stelle, an der es immer schon gestanden hatte. „Was für ein Unfug", sagte der Kaufmann. „Ein Schloss kostet nur Geld. Da bauen wir eins meiner schönen neuen Kaufläden hin." Der Bürgermeister war begeistert, neu! schön!, eilte zu seinen Ratsherren und rief: „Weg mit dem Schloss! Her mit dem Laden!"

Zu seiner Überraschung stimmten aber nicht alle Ratsherren in seinen Ruf ein. Inzwischen war nämlich selbst in Schilda eine Generation herangewachsen, denen das ewige Abreißen nicht mehr geheuer oder zumindest langweilig geworden war. „Wenn Ihr das Schloss abreißen lasst, Gevatter", sagten sie, „dann wählen wir uns einen anderen Bürgermeister." Da lachte der Bürgermeister nur jovial, weil er seine Schildbürger zu kennen vermeinte und sagte: „Mit dem Kaufmann sind längst die Kontrakte besiegelt. Und außerdem: Wen wollt ihr euch denn wählen? Einen besseren als mich findet ihr nirgendwo."

Da steckten ein paar der Ratsherren aber die Köpfe zusammen, und einer von ihnen kannte einen hoch gelehrten, durch die Lande vagierenden Magister der sieben schönen Künste und Medicus. Den wollten sie zum Bürgermeister küren, wenn er verspräche, das Schloss zu verschonen. Der schlaue Magister schwor das auch sogleich hoch und heilig, doch war er kaum zum Bürgermeister gewählt, da wollte er von seinem Schwur schon nichts mehr wissen. Denn heimlich trank auch er gern seinen Schoppen mit dem sagenhaft reichen Kaufmann und hatte natürlich gewusst, dass längst Brief und Siegel auf den Abriss des Schlosses gegeben war.

Nun ärgerten sich die Schildbürger, dass sie so beschwindelt worden waren, und überlegten her und hin, wie sie aus ihrer Bredouille herausfänden. Schließlich war es der Kaufmann selbst, der sie auf die rettende Idee brachte. „Pacta sunt servanda", sagte er (das hatte ihm der hoch gelehrte Magister und Medicus, der nun Bürgermeister war, auf einen Spickzettel geschrieben), „aber wir können das Schloss bewahren, ohne auf meinen Laden zu verzichten." „Ja, wie denn das?" riefen die Schildbürger. „Ganz einfach", schmunzelte der Kaufmann. „Wir bauen den Kaufmannsladen einfach ins Schloss hinein und lassen nur die schönen alten Fassaden stehen."

Da brachen die Schildbürger in großen Jubel aus, ernannten den Kaufmann zum Ehrenbürger und beriefen den schlauen Magister zum Bürgermeister auf Lebenszeit.

Seitdem kamen die Menschen von nah und fern, um im Schloss von Schilda all das einzukaufen, was sie nicht brauchten. Die Schildbürger waren's zufrieden, nur dass sie jetzt nicht mehr wussten, wohin mit all den großen Kutschen, schnellen Karren und Wagen. Aber das ist eine ganz andere Geschichte ...

Der Fluch des Kohlkönigs

rünkohl mit Schweinespeck und Pinkelwurst war von alters her das Leib- und Magengericht der Schildbürger. Sie waren so versessen auf diese derbe Kost, dass sie den Verzehr mit allerlei kuriosen Sitten und Gebräuchen garnierten. Einer dieser schrulligen Bräuche war die so genannte Kohlfahrt, bei der sich zur Winterzeit die Schildbürger in kleineren und größeren Gruppen zusammenfanden. Sie marschierten dann freiwillig stundenlang durch Eis und Schnee oder Regen und Matsch, wobei sie manchmal auch noch Holzkugeln vor sich her rollen ließen, kehrten dann in einem Gasthaus ein, verschlangen ihren geliebten Grünkohl mit Speck und Pinkel, tranken dazu Bier und Korn und fühlten sich – wie der Dichter sagt – so kannibalisch wohl als wie fünfhundert Säue. Bei diesen Kohlfahrten machten sich die Schildbürger auch einen besonderen Jux daraus, aus ihren Reihen einen Kohlkönig zu küren, und für die Königswürde kam natürlich immer nur derjenige in Frage, der am meisten gefuttert und gesoffen hatte. Deshalb wurden alle Teilnehmer bei Beginn der Kohlfahrt gewogen; ihr Gewicht wurde von einem Zeremonienmeister notiert, und nach dem Essen mussten dann wieder alle auf die Waage, um festzustellen, wessen Gewicht am meisten zugenommen hatte und wem somit Krone, Zepter und Amtskette gebührte. Und dann gab es großes Hallo und viel Gelächter und Tanz auf der Diele bis zum Morgengrauen und Bier und Korn bis zum Umfallen. Kurz: Was dem Rheinländer sein Karneval, war dem Schildbürger seine Kohlfahrt.

Jenseits der Stadtmauern Schildas schüttelte man über derlei Narreteien nur mitleidig den Kopf, über Kohl mit Pinkel rümpfte man landauf, landab die Nase, und auch wegen anderer törichter Streiche, für die sie im ganzen Reich berüchtigt waren, gerieten die Schildbürger immer stärker ins Gerede. Deshalb überlegten Schildas Ratsherren, wie ihrem lädierten Ruf abzuhelfen und die Gunst des Landesfürsten erneut für sie zu erlangen wäre. Sie überlegten hin und her und her und hin und verfielen nach langem Grübeln auf die Idee, den Fürsten zu einem Grünkohlessen einzuladen und zu ihrem Kohlkönig zu küren.

„Aber was, wenn einer von uns mehr isst und am Ende mehr Gewicht zugenommen hat als der Fürst?", gab ein Ratsherr zu bedenken.

„Wir ändern einfach die Regeln", sagte der Bürgermeister. „Wir wiegen den König nicht mehr aus, sondern wir lassen ihn durch Kurfürsten wählen. Das ist auch viel demokratischer."

„Aber was, wenn die Kurfürsten dann einen anderen als den Fürsten zum Kohlkönig wählen?"

„Keine Bange. Ganz so demokratisch wollen wir schon nicht werden", schmunzelte der Bürgermeister. „Es soll ja nur demokratisch aussehen. Unsere Bürger sind so sprichwörtlich dumm, dass sie es nicht bemerken werden. Und die Kurfürsten wissen natürlich im Voraus, wen sie wählen werden."

„Und wer sind diese Kurfürsten?"

„Na, wer schon? Unsere Kaufleute, Geldverleiher, Faktoreibesitzer, Großbauern. Also diejenigen, nach deren Pfeife man in Schilda von alters her tanzte und immer noch tanzt, diejenigen, die von der Gunst des Fürsten am meisten profitieren."

Ob dieses genialen Plans brachen die Ratsherren in lauten Jubel aus. Nur ein grauhaariger, zahnloser Alter hatte Bedenken. „Da liegt kein Segen drauf", unkte er, „wenn wir mit den von unseren Vorvätern geerbten Traditionen brechen. Das wird böse enden."

„Ach, halt den Mund, du alter Spökenkieker", sagten die Schildbürger und schickten einen Boten zum Landesfürsten, dass ihm höchstselbst die Kohlkönigswürde Schildas winken würde, käme er nur zu ihrem Essen.

Zwar schauderte es den Fürsten beim bloßen Gedanken an fetten Kohl mit Pinkel, Bier und Korn, aber weil er die Schildbürger, die ihm tüchtig Steuern in die Schatulle zahlten, nicht vor den Kopf stoßen wollte, griff er zu einer Notlüge, heuchelte Bedauern und ließ ausrichten, wegen dringender Geschäfte leider nicht nach Schilda reisen zu können.

Da hatte er aber die Rechnung ohne die Schildbürger gemacht. „Wenn der Fürst nicht zum Kohl kommt, kommt der Kohl eben zum Fürsten", sagten sie, beluden ein Ochsengespann mit Grünkohl und Kartoffeln, Speck und Pinkelwürsten, Bierfässern und Kornbuddeln, und karrten alles in die ferne Hauptstadt. Da staunte der Fürst, und weil er sich so dumme und treue Steuerzahler wie die Schildbürger nicht abspenstig und so zahlungskräftige Leute wie die Kurfürsten gefügig halten wollte, machte er gute Miene zum abgekarteten Spiel. Weil er wusste, dass die Kurfürsten nur so tun würden, als kürten sie ihn, tat auch der Landesfürst nur so, als schmeckte ihm das Essen. Eine Krone wurde ihm nicht aufgesetzt, sondern nur eine lächerliche Kette aus viel Talmi und Blech um den Hals gehängt, und aus lauter Erleichterung, dass endlich alles überstanden war, versprach der Landesfürst, sich ein Jahr lang besonders innig um die Sorgen und Nöte der Schildbürger zu kümmern – was er dann auch tat, indem er zum Stadtjubiläum eine eigenhändig unterschriebene Glückwunschpostkarte schickte.

Und weil das alles so gut geklappt hatte, beschlossen die Schildbürger, alle Jahre wieder ihr Kohlessen in der Hauptstadt zu veranstalten. Zu Kohlkönigen kürten sie neben den jeweils regierenden Landesfürsten besonders gern Hofbeamte, Minister und andere Schranzen, von denen sie sich Protektion und Vorteile erhofften. Zwar wurden diese Hoffnungen stets enttäuscht, weil die Kohlkönige es dabei bewenden ließen, auf dem Weihnachtsmarkt von Schilda an einem Glühwein zu nippen oder auf der Kirmes von Schilda durch Beriechen einer Bratwurst Volkstümlichkeit zu simulieren, aber die Schildbürger waren es trotzdem zufrieden.

Nun geschah es aber, dass ein Großbauer, dessen Ländereien im Umland von Schilda lagen, Minister des Fürsten wurde und deswegen auch bei nächster Gelegenheit prompt zum Kohlkönig gekürt wurde. Dieser dicke Großbauer konnte gewaltige Mengen Kohl in sich hinein schaufeln, war enorm trinkfest, verfügte über einen unerschöpflichen Vorrat an Zoten und sogenannten Herrenwitzen und war darüber hinaus ein gewiefter politischer Strippen- und Drahtzieher. Seine Devise lautete, dass man sich ums Wohl der

Allgemeinheit am besten sorgt, indem man sich um seinen eigenen Vorteil kümmert. Als seine Amtszeit als Kohlkönig vorbei war, hatten die Schildbürger ihn so in ihr Herz geschlossen, dass sie ihn am liebsten zum Kohlkönig auf Lebenszeit ernannt hätten. Doch weil das nicht möglich war, beriefen sie ihn zum Vorsitzenden der Kohlkurfürsten. Damit war nun der Großbauer ein mächtiger Mann in Schilda und sorgte dafür, dass vor allem seine politischen Freunde Kohlkönige und seine Geschäftspartner Kurfürsten wurden.

Das ging so lange gut, bis die Schildbürger einen neuen Bürgermeister bekamen, einen aus fremden Gegenden zugereisten Scholaren, der sich unter allerlei windigen Versprechungen ins Amt geschwindelt hatte (wovon unsere Chronik bereits vor geraumer Zeit Kunde gegeben hat). Ihm waren die Sitten und Gebräuche Schildas fremd, und der strippenziehende Großbauer war ihm ein Dorn im Auge, weil er wegen seines Einflusses im Kohlkurfürstenkollegium so mächtig und wegen seiner Zoten beim Volk so beliebt war. Der neue Bürgermeister, dessen Macht auf tönernen Füßen stand und der wegen seiner Schwindeleien beim Volk unbeliebt war, wollte endlich auch einmal mächtig sein und geliebt werden. Deshalb setzte er den Großbauern als Kurfürsten kurzerhand ab, um fürderhin selbst darüber entscheiden zu können, wer Kohlkönig wurde und wer nicht.

Der Großbauer, der ein gerissener Ränkeschmied vor dem Herrn war, zog sich grollend und schmollend auf seinen Gutshof hinterm Deich zurück und sann auf Rache wider die Schildbürger und ihren hergelaufenen, neunmalklugen Bürgermeister. Als dem Großbauern aber nichts und wieder nichts einfallen wollte, womit er den Schildbürgern Schaden antun konnte, erinnerte er sich an die alte Deichhexe, mit der er schon einige Male Intrigen und Kabalen ausgebrütet hatte. Als er sie in ihrer Kate aufsuchte, stand sie gerade am Herdfeuer und rührte einen übel müffelnden Zaubertrank zusammen.

Der Großbauer brachte sein Anliegen vor, aber die Deichhexe schüttelte nur mit dem Kopf. „Bei solchen politischen Affären mische ich nicht mit", murmelte sie. „Das ist mir einfach zu neumodisch und zu profan. Wenn es um Zahnweh und Gliederreißen ginge, um Tatterich und Darmverschluss oder um Verwünschungen und Dämonen, um Sitten und Gebräuche unserer Urahnen und Vorväter, dann könnte ich etwas tun."

Da durchzuckte den Großbauern ein Geistesblitz. „Die Schildbürger sind von der uralten Vätersitte abgefallen, nur den zum Kohlkönig zu küren, der beim Essen am meisten zugenommen hat", raunte er verschwörerisch und mit petzendem Unterton.

„Heiliger Fliegenpilz!" entfuhr es der Hexe. „Wenn das so ist, kann ich natürlich einen ziemlich wirksamen Fluch der alten Schule loslassen."

„Was kostet denn so ein Fluch?", erkundigte sich der Großbauer.

Die Hexe winkte ab. „Das mach ich aus Traditionsbewusstsein umsonst. Aber wenn du willst, kannst du mich ja zur Feier deiner Silberhochzeit einladen." Und dann strich sie ihrem schwarzen Kater dreimal über den gebuckelten Rücken und murmelte:

„Hokus Pokus Katzendreck,
Titel futsch und Ämter weg.
Zickezacke, Hühnerkacke,
Pinkelwurst und Schweinebacke,
Bier und Korn und grünen Kohl,
ab sofort der Teufel hol."

Natürlich war der Fluch der Hexe nicht wortwörtlich zu nehmen; der Leibhaftige holte sich weder Kohl noch Wurst, die zu essen für manche Gäste ja bereits Strafe genug war und vor denen es sogar den Gottseibeiuns grauste. Aber ab sofort zeigte sich ein merkwürdiges, unheimliches Phänomen: Wer auch immer zum Kohlkönig gekürt wurde, dem bekam diese zweifelhafte Würde schlecht. Die Politiker verloren Wahlen oder wurden aus ihren Ämtern gejagt, kaum dass sie Kohlkönig waren. Am Schlimmsten erging es solchen, die, wie der gleisnerische Bürgermeister selbst, auch noch über Magister- oder Doktortitel verfügten: Kaum hing ihnen die Kette des Kohlkönigs am Hals, kam heraus, dass sie auf Teufel komm raus gemogelt und abgeschrieben hatten, und die Titel wurden ihnen mit Schimpf und Schande aberkannt. Das war dem Herrn Prof. Dr. Bürgermeister natürlich besonders peinlich.

Derweil saß der intrigante Großbauer hinterm Deich und rieb sich schadenfroh die Hände, freilich nur so lange, bis er selbst in den Kerker geworfen werden sollte, weil er seine Silberhochzeit – – – doch das ist eine ganz andere Geschichte, über die unsere Chronik vielleicht später einmal berichten wird.

Die Schildbürger aber erinnerten sich noch jahrelang an den grauhaarigen, zahnlosen Alten. „Da liegt kein Segen drauf", hatte er geraunt, „das wird böse enden."

„Hätten wir doch auf ihn gehört", sagten sie manchmal, aber dann aßen sie doch wieder ihren fett triefenden Grünkohl mit Pinkel und tranken Bier und Korn dazu, fluchten über den Bürgermeister, den sie sich selbst gewählt hatten und sehnten sich nach einem Bürgermeister nach Art des dicken, verschlagenen Großbauern.

Die Kohlfahrt
im Spiegel
deutscher Dichtung

JOHANN WOLFGANG VON GOETHE

Kohlfahrers Nachtlied

Über allen Palmen
Ist Frost
Unter den Walmen
Gerstenmost
Schäumet im Fass
Kohl, Kassler, Pinkel auf Halde
Warte nur, balde
Hebst du dein Glas

FRIEDRICH SCHILLER

An den Grünkohl

Grünkohl, schöner Götterfunken,
Labsal aus Elysium,
Wir betreten angetrunken,
Himmlischer, dein Heiligtum.
Deine Zauber binden wieder,
Was die Mode streng geteilt,
Alle Würste werden Brüder,
wo dein grüner Flügel weilt.
Seid umschlungen, Lüttje Lagen!
Bier und Korn der ganzen Welt!
Brüder – wo das Fleisch sich wellt
Wollen wir bis morgen tagen.

GEORG TRAKL

Ein Winterabend

Wenn der Schnee ans Fenster fällt,
Lang die Abendglocke läutet,
Vielen ist der Tisch bereitet
Und das Haus ist wohlbestellt.

Mancher auf der Wanderschaft
Kommt ans Tor mit kalten Füßen
Doch zum Troste ihn begrüßen
Pinkel, Kohl und Gerstensaft.

Wanderer, nun bist du hier.
Trink ein Körnchen auf die Schnelle
Schon erglänzt in reiner Helle
Auf dem Tische Kohl und Bier.

RAINER MARIA RILKE

Der König

Sein Bauch ist vom Verzehren grünen Kohles
So prall geworden, dass jetzt nichts mehr geht,
Ihn rührt ein peinliches Unwohles
Im Unterleibe, der sich bläht.
Der feste Gang, mit dem er eingetroffen,
Von Bier und Korn zu einem Schwanken ward,
Zwar ist er König, doch er ist besoffen,
fair war der Wettkampf, aber hart.
Nur manchmal schiebt der Vorhang der Pupille
Sich lautlos auf. Dann geht ein Korn noch rein,
Auch noch ein Bier, dann ist er völlig knülle,
und freut sich Kohlkönig zu sein.

HEINRICH HEINE

Ich weiß nicht, was soll es bedeuten

Ich weiß nicht, was soll es bedeuten
Dass ich so hungrig bin;
Rezepte aus alten Zeiten,
Die kommen mir in den Sinn.

Der Kohl ist heiß und es duftet,
Und ruhig fließt das Bier,
Der Koch in der Küche schuftet
Zerlegt das Schweinetier.

Wir werden alles verschlingen
Mit Gaumen, Zunge und Zahn
Und das hat mit seinem Singen
Der grüne Kohl getan.

GOTTFRIED BENN

Grünkohl

Grünkohl – eiskalte Tage,
alte Beschwörung, Bann,
die Götter halten die Waage
eine zögernde Stunde an.

Noch einmal die leckeren Würste,
den Pinkel, das Kassler, den Kohl,
nie wieder das alte „Ich dürste",
dafür ein beherztes „Zum Wohl".

Noch einmal das Ersehnte,
den Rausch, des Kohles Du,
der Winter stand und lehnte
und sah beim Essen zu.

Noch einmal ein Vermuten,
wo längst Gewissheit wacht:
Wir blasen und wir tuten
Und trinken Fahrt und Nacht.

FRIEDRICH HÖLDERLIN

Hälfte des Essens

Mit fettem Bauchspeck hänget
Und voll mit Kassler Rippspeer
Das Fleisch in den Kohl,
Ihr holden Würste,
Und trunken von Fassbier
Tunkt ihr das Haupt in heilignüchternen Mostrich.

Weh mir, wo nehm ich, wenn
Es Sommer ist, den Kohl her, und wo
Die Pinkelwurst
Und Jever und Korn?
Die Schüsseln stehn
Sprachlos und kalt, im Abwasch
Klirren die Gläser.

JOSEPH VON EICHENDORFF

Aufgeschobener Abschied

O Schweinespeck, o Schwarte,
O fetter, grüner Kohl,
O Pinkelwurst, du Zarte,
Gehabt euch alle wohl!
Die Gläser leer, ich scheide
Von Doppelkorn und Bier,
Doch liebe ich euch beide
Und bleib noch etwas hier.

Tannenstolz

um Beispiel die robuste Nordmanntanne, Originalimport aus Skandinavien. Die halte garantiert bis Dreikönige durch. Wenn nicht bis Ostern. Oder eine Edelfichte aus den neuen Bundesländern? Etwas konventionell in der Zweigstruktur, aber ein grundsolides Stück. Spitze markant ausgeprägt. Auch die Blautanne mit dezenter Farbeinzüchtung im Nadelansatz werde heutzutage immer wieder gern genommen.

Seitenblick auf meine Teenage-Töchter, die das monologisierende Verkaufsgespräch mit stoisch-demonstrativem Desinteresse über sich ergehen ließen.

Fast ja schon Jeanslook ... Hier übrigens ein Teil aus garantiert bio-dynamischem Anbau. Erinnere in der äußeren Anmutung zwar an die ordinäre Zuchtfichte, dazu noch naturgewachsen und -belassen, also krumm, schief und spiddelig, sei aber pestizid- und düngefrei. Also auch entsorgungsmäßig null Problemo. Wenn der Baum ein Ei wäre, würde er sagen: Bodenhaltung freilaufend. Ansonsten die gute, alte Edeltanne, Schwarzwald. Durchaus ein deutscher Klassiker, passend besonders zu rustikalen Schrankwänden. Mit Zertifikat der baden-württembergischen Landwirtschaftskammer.

Oder etwas unbedingt Ungewöhnliches? Dann hätten wir hier die Alpentanne mit eingekreuzter Latschenkiefer, aber keine Bange, nix mit Gentechnik. Wunderbar geschmeidiges Nadelkleid, samtiger Ausdruck. Und für den Singlehaushalt, na, was meinen Sie wohl? Den Weihnachtsbonsai aus den Hochlagen Hokaidos. Nippon. Allerdings und mal ganz unter uns, wenn wir ihn, den Weihnachtsbaumfachhändler, fragen täten, doch schon arg verspielt. Und für einen Haushalt mit Kindern, wieder die Kids im Visier, ja nachgerade eher unpassend.

Laura und Miriam zogen die Augenbrauen hoch beziehungsweise runzelten die Stirn. Kinder?

Teens natürlich, eilfertigte der Fachmann. Wie, wenn man, also er, mal fragen dürfte, wie erleuchten Sie denn eigentlich?

Wie wir was?

Elektrisch oder konservativ?

Ach so, verstehe, sage ich. Mit Kerzen natürlich.

Natürlich. Versteht sich ja von selbst. Keine Experimente. Dann kommt in erster Linie wohl die kanadische Felsentanne mit kerzenfreundlich grobgliedriger Grünstruktur in Frage. Hab da noch ein besonders schönes Stück, hier. Für 250 Mark so gut wie geschenkt.

Wir wollen einen stinknormalen Tannenbaum, sage ich. Etwa zwei Meter groß. Muss auch nicht teuer sein. Meinetwegen aus der Baumschule von nebenan.

Der Fachmann nahm die rot-schwarz karierte Mütze mit den holzfällerartig hochgebundenen Ohrenklappen ab, zog sich die lederbewährten Arbeitshandschuhe aus, kratzte sich am Hinterkopf und sah mich entgeistert bis beleidigt an. Wenn Sie eine dumpfe Fichte aus einer Baumschule wollen, sagte er angeekelt, dann müssen Sie eben in eine Baumschule fahren und sich da Ihren Tannenbaum holen. Ich verkauf doch keinen Ramsch! Hier herrscht Fachhandel! Hier ist schließlich Weihnachtsmarkt! Sprach es, machte auf dem Absatz kehrt und wandte sich einem älteren Ehepaar zu, das eine Schwarzwälder Edeltanne in Augenschein nahm.

Der Typ ist ja echt behindert, urteilte Miriam, und ich pflichtete ihr bei: Aber voll!

Wir bummelten noch eine Weile über den Weihnachtsmarkt, der zur Hälfte aus Getränke- und Fressbuden bestand, von der Thüringer Bratwurst über die Original Französischen Crêpes bis zum Edelimbiss mit Austern und Champagner, zu schweigen von den Ständen mit gebrannten Mandeln, Süßwaren und Weihnachtsgebäck. Die andere Hälfte war von Kitsch- und Kunsthandwerk belegt, Modeschmuck und Miederwaren, handgedrehte Kerzen, Krawatten und Kuckucksuhren, Räucherkerzen und Rauschgoldengel, Blechspielzeug und Bleiverglastes.

Im Tiroler Bauernstüble, einem Verkaufswagen mit vorgebautem Zeltdach und alpenländischen Dekorationen, machten wir wohlverdiente Rast. Die Mädchen genehmigten sich Pommes frites, „rot-weiß", dazu Cola, während ich „eine Brat" plus ein Pils zu mir nahm.

Wo habt ihr denn früher den Tannenbaum geholt? erkundigte sich Laura. Oder hat den etwa auch das Christkind gebracht?

Nee, sagte ich, den haben wir selbst geholt. Den konnte das Christkind angeblich nicht schleppen.

Logisch, sagte Miriam, ist ja auch noch ein Säugling, wenn man's genau nimmt.

Weihnachtsmarkt gab es damals noch gar nicht, sagte ich und nahm einen Schluck Bier. Mein Vater ist mit uns zum Pferde-markt gegangen, wo sonst der Wochenmarkt stattfindet. Da gab es Tannenbäume zu kaufen. Angeboten wurden die fast alle von Bauern aus der Umgebung, die nebenbei Fichten zogen, um Weih-nachten ein Zubrot zu haben. Wenn man bis Heiligabend wartete, gab es die Restexemplare angeblich für eine Mark. Aber darauf hat mein Vater es natürlich nie ankommen lassen. Zu riskant! Ein gro-ßer Baum kostete fünf Mark, und das fanden wir schon wahnsin-nig teuer. Aber Weihnachten saß das Geld eben etwas lockerer. Und für einen schönen Baum sowieso. Dann haben wir also un-seren Baum nach Hause getragen, und er wurde auf dem Balkon abgestellt. Und zwei Tage vor Heiligabend war er von dort ver-schwunden. Das Christkind hatte ihn ins Wohnzimmer geholt, das ab sofort abgeschlossen war. An der Klinke hing ein Tannen-zweig mit goldener Schleife. Und durch's Schlüsselloch konnte man ein paar Zweige des Baums sehen.

Und das habt ihr geglaubt? amüsierte sich Miriam. Dass dieser Baby-Jesus keinen Baum tragen kann? Ist ja schrill.

Natürlich. Wieso nicht? Ihr habt doch bis vor kurzem auch ge-glaubt, dass Santa Claus durch den Schornstein kriecht.

Wenn das Christkind den stacheligen Baum auf diesen kranken Ständer kriegt, dass er hinterher steht und nicht wackelt, dann kann er ihn auch tragen. Unser Weihnachtsbaum wackelt jedes Jahr. Und jedes Jahr hast du ihn eingestielt.

In der Baumschule Brunken am Stadtrand bekamen wir nach hartem Handel eine schöne Fichte aus eigener Produktion für 50

statt (der ursprünglich geforderten) 60 Mark, dazu ein Glas Glühwein, die Mädchen „Kinderpunsch", den sie trotz der beleidigenden
Bezeichnung brav wegschlürften. Wir banden den Baum auf dem
Dachgepäckträger fest, kutschierten ihn nach Hause und stellten
ihn nach alter Väter Sitte vorerst auf dem Balkon ab.

*

Der formschöne Christbaumständer des Modells Schneekönig,
mittelschwere Ausführung, sei eine millionenfach bewährte, TÜV-
geprüfte Unentbehrlichkeit weihnachtlichen Wohlbehagens, kin-
derleicht in der Anwendung, lieferbar in den vier Farbnuancen
Tannengrün, Weihnachtsrot, Engelsgelb und Himmelblau. Man
drehe die vier Befestigungsschrauben (A) bis zum Anschlag (B) der
Kontermuttern (C) zurück, führe das Stammende (D) durch den
Haltering (E), justiere ihn mit der beigefügten Führungsschiene (F)
auf mittigen Sitz, drehe die vier Befestigungsschrauben (A) mit
dem beigefügten Imbusschlüssel (G) im Uhrzeigersinn, bis die ab-
geflachten Schraubenspitzen (A a) gegen das Stammende pressen.
    Man entferne die Führungsschiene (F) und schiebe alsdann den
Keramikumtopf (H) bis zum Parallelanschlag der Höhenkerbe (I)
über das nunmehr im Haltering (E) gesicherte Stammende (D), fasse
mit dem beigefügten Spreizdorn (K) in die dafür vorgesehene Spreiz-
klemmführung (L) und drehe den Spreizdorn (K) im umgedrehten
Uhrzeigersinn bis zum Anschlag. Achtung! Nicht überdrehen!
    Den Keramiktopf (H) nun mit 5 Litern Wasser auffüllen, wo-
durch die Standfestigkeit erhöht werde und sich zudem ein Frisch-
halteeffekt für den Baum ergebe. Den Wasserstand täglich mit dem
beigefügten Wasserstandsstäbchen (M) messen und bei Bedarf bis
zur Höhenmarkierung (N) nachfüllen.
    Soweit die kleingedruckte Theorie, die als Beipackzettel wiede-
rum dem Karton (der Fachmann spricht von Gebinde) beilag, der
in einem Bett aus Styroporkugeln den Christbaumständer Schneekönig geborgen hatte. Da wir vor drei Jahren vom doppelgelenkigen
Weihnachtsbaumfuß Tannenstolz Abschied nehmen mussten, weil

die Mechanik versagt hatte (überdreht?), waren wir auf den Schneekönig umgestiegen. Es versteht sich von selbst, dass mit der Gebrauchsanweisung kein Blumentopf zu gewinnen war, und so hatte ich mir, aus Erfahrung klug geworden, unter souveräner Missachtung der TÜV-Vorschriften ein eigenes System ertüftelt, zu dessen alljährlicher, praktischer Umsetzung aus dem vollen Lieferumfang des Schneekönig-Gebindes lediglich noch der (tannengrüne) Keramikumtopf benötigt wurde.

Den stellte ich nämlich in der vorgesehenen Zimmerecke auf den Fußboden, füllte ihn mit Sand, schob das Stammende hinein und sicherte den Baum dann mittels durchsichtiger Nylonfäden, die ich einerseits am Stamm, andererseits an dafür eigens eingedübelten Wandhaken verknotete. Passte immer, wackelte stets ein bisschen und hatte jede Menge Luft. Auch in diesem Jahr!

Über die Routine, mit der ich den Baum in lotrechte Standfestigkeit brachte, staunten meine drei Damen fast schon. Das Schmücken überließ ich ihnen. Als die Mädchen noch klein waren, gestaltete sich die Wahl des Weihnachtsbaumschmucks eher unproblematisch. Wir hatten einen Karton mit einem kunterbunten Sammelsurium gekaufter, geschenkter, geerbter oder sonstwie an uns gekommener Weihnachtsdekorationen, die sich vermehrten und alle Jahre wieder zum Einsatz kamen, weshalb unser Baum zum Glück nie den innenarchitektonisch strengen Kriterien entsprach, die andere Kulturmenschen an die ästhetische Durchgestaltung ihres Tannenbaums anlegen. Bei uns hing dran, was im Karton lag: kleine Holzfiguren, Weihnachtsmänner & Christkinder in ökumenischer Mischung, Zwerge, Engel, Wintersportler, auch Modellautos, dazu Lametta und Kugeln und Sterne und Kerzen in allen möglichen Dicken, Längen und Farben.

Einmal hatte Miriam sogar darauf bestanden, dass einige Teile ihres Puppengeschirrs aufgehängt werden müssten, und zwischen einem Schokoladenriegel und einer Eichelhäherfeder, die Laura im Sommer gefunden hatte, hing sogar einmal ein giftgrünes Gummikrokodil. Trat man einige Schritte zurück, dann verschwammen all diese Details zu einem munteren Ganzen, zu einem funkelnden

Mosaik, dessen Kombination im Helldunkel des Kerzenscheins nicht mehr rekonstruierbar war.

Doch hatten sich die Mädchen von dieser kindlichen Beliebigkeit längst verabschiedet und bestanden in diesem Jahr auf der durch und durch obercoolen Ton-in-Ton-Variante: silberne Kugeln, Lametta, weiße Kerzen. Schluss. Ich konnte noch von Glück sagen, dass sie echte Kerzen durchgehen ließen und noch nicht auf elektrische oder gar digitale Illumination setzten. Aber der nächste Schritt wäre wohl schon ein Tannenbaum aus dem Internet.

Norden ist hier

Rede zum 25-jährigen Jubiläum
der Stiftung Kunst und Kultur
der Landessparkasse zu Oldenburg

Meine Damen und Herren!

m das 25-jährige Jubiläum der Kunst- und Kulturstiftung der Landessparkasse zu Oldenburg zu feiern, haben wir uns hier versammelt; das Wörtchen *hier* behalten Sie bitte noch eine Weile in Erinnerung: Es wird in meinen Ausführungen noch eine gewisse Rolle spielen. Ich weiß nicht, ob Sie sich darüber wundern, dass meine Wenigkeit jetzt hier einen Festvortrag hält – werden dergleichen Vorträge doch zumeist von würdigen Vorstandsvorsitzenden oder gar Politikern gehalten, nicht jedoch von windigen Schriftstellern.

Ich jedenfalls habe mich durchaus gewundert, als mich telefonisch die Anfrage erreichte, ob ich bereit wäre, diesen Vortrag zu halten. Ausgerechnet ich, der, unter uns gesagt, nicht einmal ein Girokonto bei der LzO unterhält. Soweit ich mich erinnern kann, wickelten bereits meine Großeltern ihre Geldgeschäfte stets über das andere Institut ab, das Oldenburg im Namen trägt.

Das spiele in diesem Zusammenhang überhaupt keine Rolle, sagte jedoch die freundliche Dame am Telefon.

Und außerdem, wandte ich ein, sei ein Teil meiner sowieso sehr bescheidenen Geldanlagen in der heißen Luft der so genannten Bankenkrise verdunstet, weshalb ich mir nur schwer vorstellen könne, per Festvortrag das Loblied einer Bank oder Sparkasse anzustimmen.

Um Gottes Willen, nein, wiegelte die Dame hastig ab, die Betonung liege in diesem Fall auch weniger auf Landessparkasse, sondern vielmehr auf Kunst- und Kulturstiftung, von deren vielfältigen, segensreichen Aktivitäten ich doch gewiss schon gehört hätte. Bevor ich wahrheitsgemäß „nun ja" antworten konnte, fuhr die Dame gleich fort, man erwarte von mir als Schriftsteller natürlich auch gar keinen Festvortrag im herkömmlichen Sinne. Im Gegenteil erhoffe man sich eher etwas aus dem üblichen Rahmen Fallendes, etwas sozusagen Kreatives. Eben deshalb wende man sich ja an mich. Die Form des Vortrags sei mir jedenfalls völlig freigestellt.

Das hörte sich eigentlich ganz vernünftig an, aber weil die Dame das Wort „Form" einigermaßen nachdrücklich betonte, witterte ich den Haken im zwangsläufig folgenden Begriff: „Inhalt".

Aber nein, wurde mir versichert, auch der Inhalt sei einzig meine Sache.

Das hörte sich noch besser an. Da brauchte ich ja nur einen fertigen Text aus der Schublade mit der Aufschrift „Unverkäuflich" holen und hätte auf diese Weise ...

Als habe sie jedoch meinen geschäftstüchtigen Geistesblitz gewittert, erklärte die Dame rasch, dass die Veranstaltung zwar kein ausgesprochenes Thema verfolge, aber doch unter einer Art, nun ja, Motto stehe, einem Motto, dem sich übrigens die Kulturstiftung auch ganz allgemein verschrieben habe.

„Aha, aha", sagte ich und war darauf gefasst, nun etwas wie „Geist und Geld" oder „Kunst und Konten" serviert zu bekommen.

Aber weit gefehlt, sagte die Dame doch: „Im Norden."

Und auf meine ebenso verdutzte wie redundante Nachfrage „Wie jetzt? Im Norden?" sagte sie: Ganz recht, im Norden. Unter diesem Motto habe die Stiftung bereits diverse künstlerische Aktivitäten gefördert, und, nebenbei gesagt, solle zur musikalischen Untermalung des Festakts auch eine entsprechende zeitgenössische Komposition zu Gehör gebracht werden.

„Im Norden also", sagte ich nachdenklich und ließ Eisberge, Renntiergespanne und Mittsommernächte vor meinem geistigen Auge Revue passieren. Das war ja ein enorm weites und auch weitgehend weißes Feld.

„Habe ich Sie überzeugt?" unterbrach die Dame meine mentale Polarexpedition.

„Nun ja", sagte ich zögernd, weil mir die Sache immer noch nebulös vorkam, aber sie verstand mein Zögern offensichtlich gar nicht als kreativen, sondern als monetären Klärungsprozess, weil sie nämlich sagte, dass mein Beitrag selbstverständlich auch angemessen honoriert werde.

Und nachdem sie das Wort „angemessen" in eine konkrete Zahl übersetzt hatte, wurde mir schlagartig klar, dass ich schon immer mal gerne einen Text oder Vortrag zu diesem herrlichen Motto verfasst hätte. Im Norden. Wunderbar, dachte ich, das gute, schöne Bare, sagte es aber natürlich nicht laut, sondern murmelte etwas wie „schwierig, schwierig" und erbat mir zwei Tage Bedenkzeit.

*

Wenn ich etwas zu bedenken habe, drehe ich immer im Oldenburger Schlossgarten ein paar Runden. Nach der ersten Runde wollte mir meine spontane Nordpolassoziation doch etwas abwegig vorkommen. Form und Inhalt waren mir zwar freigestellt, aber ob sich die Kulturstiftung der LzO durch Eskimos, Polarlichter und Hundeschlitten angemessen charakterisiert fühlen würde, war doch einigermaßen zweifelhaft. Und angemessen musste die Sache angesichts des angemessenen Honorars ja schon irgendwie sein.

Im Norden, dachte ich während der zweiten Runde, ist ja überhaupt eine höchst relative topografische Bestimmung. Wenn unsereiner, gebeutelt vom norddeutschen Schmuddelwetter, sehnsuchtsvoll an den Süden denkt, meint er in der Regel ja auch nicht gleich die Antarktis, sondern eher die freundlichen Gestade des Mittelmeers. Und für uns Oldenburger liegt bereits Helgoland hoch im Norden, von Hammerfest mal ganz zu schweigen, während umgekehrt Oldenburg, von beispielsweise Osnabrück aus betrachtet, durchaus im Norden liegt. Vom Nordpol bis Oldenburg ist es genauso weit wie in der Gegenrichtung von Oldenburg bis Zentralafrika. So gesehen liegt Oldenburg exakt im Zentrum einer gedachten Nord-Süd-Konstellation. Es kommt immer nur auf den Standpunkt des Betrachters an. Indem meine Überlegungen dergestalt bereits die Relativitätstheorie transzendierten und in die wogigen Regionen der Unschärferelation lappten, wurde mir etwas mulmig, weil ich von beiden Theorien nicht die geringste Ahnung habe. Dass mir Form und Inhalt freigestellt waren, war ja gut und schön, aber Hand und Fuß musste die Sache schon irgendwie haben.

Ich befand mich jetzt bereits auf der dritten Runde, genauer gesagt auf Höhe des Landgerichts, mithin im Osten des Schlossgartens, dessen Nordpol an der Kreuzung Gartenstraße-Theaterwall liegt. Aber indem ich das dachte, dämmerte mir, dass ich auf diese Weise den Nordpol meiner Überlegungen niemals als triumphierender Amundsen erreichen, sondern im Schlossgarten im Kreis herumirren würde wie weiland der unselige Scott.

Wenn's denn also am Inhalt einstweilen noch bedenklich haperte, konnte ich mir vielleicht schon einmal ein paar Gedanken über die Form machen. Die war mir ja genau so frei gestellt wie alles andere. Man erhoffe sich, hatte die Dame am Telefon gesagt, etwas aus dem üblichen Rahmen Fallendes, etwas sozusagen Kreatives. Mit anderen Worten hieß das ja wohl: eben keine Festrede. Aber was dann? Eine Kurzgeschichte? Warum eigentlich nicht? Beispielsweise eine Geschichte über Amundsen, der jedoch, am Nordpol angekommen, dort nicht die norwegische Flagge hisst, sondern einen Banner mit dem Logo der Stiftung Kunst und Kultur der Landssparkasse zu Oldenburg entrollt? Ziemlicher Blödsinn, zugegeben, aber Kunst und Literatur dürfen ja bekanntlich alles, und, wer weiß, meinem Auftraggeber würde das am Ende womöglich sogar gefallen.

Im Westen des Schlossgartens blieb ich auf der kleinen Holzbrücke stehen und schaute, wie man dichterisch so schön sagt: „sinnend", das heißt: inspirationsheischend auf die trübe und träge Bäke. Die Sache mit dem Banner war nicht nur kompletter Schwachsinn, sondern, schlimmer noch, auch schon wieder eine Frage des Inhalts, wo ich doch eigentlich über formale Aspekte nachdenken wollte. Also vielleicht doch eine Festrede? Aber eben keine, wie das auf festlich gestimmte Publikum sie zur Genüge kennt, also auf keinen Fall eine Rede, während der das Publikum

darüber nachdenkt, wie man im Anschluss am schnellsten das kalte
Büffet erreicht, sondern ... Tja, in diesem „sondern" lag das ganze
Problem, lag da und rührte sich nicht. Je länger ich auf der Brücke
stand, als desto flacher erwies sich das Inspirationspotential der
Bäke.

Ich schlenderte weiter, passierte den Haupteingang des Schlossgartens mit den schönen schmiedeeisernen Toren, und begann die
vierte Runde. In einem der hohen alten Bäume klopfte ein Specht.
Es klang rhythmisch, fast wie ein Versmaß. Verbarg sich in diesem
rhythmischen Gehämmer womöglich der Musenkuss? Ja doch, eine
Festrede in Versen! In Ermangelung einer besseren hielt ich die Idee
im ersten Moment für nahezu genial. Zumindest, wie gewünscht,
aus dem Rahmen fallend und allemal kreativ. Bei Versen musste ich
mich nur in Acht nehmen, dass die Fest- nicht zur Büttenrede mutierte. Was reimte sich eigentlich auf Stiftung? Zuerst einmal ja
wohl Dichtung, und dafür war ich immerhin der Experte. Weiterhin aber auch auf Richtung, was besonders glücklich war, weil ich
mit einem solchen Reim einen eleganten Bogen zum Motto „Im
Norden" schlagen konnte. Ich warf der als Specht verkleideten
Muse eine Kusshand zu, und weil sich die Reimschleuse bereits
sperrangelweit geöffnet hatte, fiel mir dabei ein, dass sich auch
Specht auf allerlei reimen lässt, auf Knecht, auf bezecht, ja sogar auf
Bertolt Brecht.

Aber indem mir der Name des verehrten Kollegen derart ins
Hirn geklopft wurde, verließ mich schlagartig meine lyrische Ver-
zückung. Ich erinnerte mich nämlich daran, dass Brecht einmal auf
die Idee verfallen war, das Kommunistische Manifest in Hexameter
zu fassen. Brecht musste da wohl ziemlich bezecht gewesen sein,
und zum Glück konnte sein Freund, der Komponist Hanns Eisler,
Brecht diese Schnapsidee dann auch ausreden.

Apropos Komponist. Hatte die Dame am Telefon nicht auch etwas von einer zeitgenössischen Komposition gemurmelt, die meinen Vortrag irgendwie untermalen oder wohltönend umranken
sollte? So einer Komposition waren Form und Inhalt vermutlich
auch freigestellt, aber Motto blieb Motto. Wie, fragte ich mich,

klingt denn wohl „Im Norden" als Musik? Wie Griegs „Peer Gynt"? Oder wie Sibelius' „Karelien Suite"? Die Komponisten haben es ja gut. Sie schwelgen hemmungslos im Wohlklang und behaupteten hinterher einfach, so klinge halt die nordische Seele. Kann ja kein Mensch wirklich überprüfen oder gar verifizieren. Was, wenn ich einfach mal mit dem beauftragten Komponisten Kontakt aufnähme, um gegebenenfalls etwas Honig aus seinem Inspirationsdepot abzusaugen? Aber halt! Die Rede war nicht von Grieg oder Sibelius gewesen, sondern von einer zeitgenössischen Komposition. Und mit so genannter zeitgenössischer E-Musik habe ich so meine Schwierigkeiten. Wahrscheinlich bin ich in dieser Sache nur ein übler Banause, aber ich kann nicht anders, seit ich es als Stipendiat der Villa Massimo auch mit zeitgenössischen Komponisten zu tun gehabt habe. Verstehen Sie mich bitte nicht falsch. Die Komponisten waren bezaubernde Menschen. Probleme hatte ich nur mit ihren Werken. Einer bezeichnete seine Arbeit auch schon gar nicht mehr als Musik, sondern als Klanginstallation. Das war immerhin ehrlich und auch irgendwie konsequent, weil Lampen heutzutage ja auch nicht mehr als Lampen, sondern als Beleuchtungskörper bezeichnet werden. Aus dem Herzen spricht mir da schon eher der Komponist Frank Zappa, von dem ein schöner Satz stammt, den jeder Banker unterschreiben würde. Er lautet: „I'm only in it for the money."

Wie kam ich denn überhaupt auf so etwas? Ach ja, richtig, Specht, Brecht, Eisler, Komponist. Derlei Unfug kommt eben dabei heraus, wenn man an eine Festrede in Versen denkt. Wahrlich eine Schnapsidee. Inzwischen hatte ich die vierte Runde hinter mir, stand wieder am schmiedeeisernen Tor, gestand mir ein, dass der Schlossgarten als Inspirationsquelle für heute versagt hatte und verließ ihn. Und zwar in Richtung West-Nord-West.

*

Wenn gar nichts mehr geht, geht bekanntlich immer noch Google. In der Hoffnung, unterm Stichwort Norden ein paar Ideen abgreifen zu können, googelte ich mich also zur Internet-Enzyklopädie

Wikipedia durch. Brauchbar für meine Zwecke war da freilich wenig bis gar nichts. Beispielsweise stand da, wie man ganz einfach die Richtung Norden ermitteln kann, und zwar ohne Kompass. Nachts bei klarem Himmel nehme man ein Lot, also einen Faden mit einem Gewicht am Ende, halte das lose Ende des Lots am ausgestreckten Arm mit den Fingern und bringe den Faden genau über den Polarstern. Das Gewicht ziehe den Faden nun senkrecht nach unten, und dort, wo der Faden den Horizont schneide, sei Norden. Je weiter man sich dabei dem Äquator nähere, desto genauer werde die Methode. Gut zu wissen, wenn man mal wieder nachts bei klarem Himmel, aber ohne Kompass, durch den Schlossgarten irrt, aber irgendwie auch reichlich kompliziert und, wie gesagt, völlig unbrauchbar für eine Festrede.

Ich beschloss, die Angelegenheit erst einmal gründlich zu überschlafen. Manchmal gibt's die Muse den ihren ja im Schlaf, weswegen der französische Schriftsteller Aragon auch ein Schild mit der Aufschrift „Der Poet arbeitet" an seiner Schlafzimmertür hängen hatte. Aber als ich am nächsten Morgen aufwachte, war mir immer noch nichts eingefallen. Ich erklärte mir das damit, daß mein Schlafzimmerfenster nicht nach Norden, sondern nach Süden weist, bezweifelte jedoch, ob derlei Detailinformationen über die Wohnsituation eines Schriftstellers für den Festvortrag verwertbar sein könnten.

Inzwischen wurde auch die Bedenkzeit, die ich mir erbeten hatte, bedenklich knapp, und als die freundliche Dame mich wieder anrief und sich nach dem Stand meiner Ideenfindung erkundigte, sagte ich wahrheitsgemäß: „Ich arbeite dran."

Die Dame, die ja nicht ahnen konnte, was unsereiner unter „Ich arbeite dran" versteht, war entzückt. Sie wolle sich keineswegs in meinen künstlerischen Produktionsprozess einmischen, sagte sie, aber falls ich ein Informationsgespräch mit dem Geschäftsführer der Kulturstiftung für sinnvoll halten sollte, wolle sie das gern arrangieren.

Da mein Informationsstand so gen Null tendierte wie meine Ideenfindung sich bislang als nichtig erwiesen hatte, hielt ich das nicht nur für sinnvoll, sondern geradezu unverzichtbar und murmelte etwas wie „kann ja vielleicht nicht schaden."

Im Übrigen, sagte die Dame dann noch abschließend, habe man von der Idee einer zeitgenössischen Komposition Abstand genommen. War sie etwa telepathisch begabt?

*

Eine Woche später saß ich mit der freundlichen Dame und dem nicht minder freundlichen Geschäftsführer bei Kaffee und Keksen im ziemlich aufgeräumten Geschäftsführerzimmer im Neubau der LzO. Eine Fensterfront wies in Richtung Hafen und Hunte, nach Osten also, woraus ich auch ohne Lot und Faden schließen konnte, dass die andere Fensterfront nach Norden wies, Richtung Nordtangente der Autobahn nämlich. Um bei meinen Gesprächspartnern gleich den gewünschten Eindruck zu schinden, kritzelte ich mir das Stichwort „Nordtangente" in mein Notizbuch. Schließlich arbeitet der Poet ja nicht *nur* im Schlaf.

Nun wurden mir allerlei Informationen zuteil – über die Geschichte der LzO im Allgemeinen und im Besonderen über das fördernde Wirken und Wollen der Kulturstiftung von A wie Ausstellungen aller Art bis Z wie Zinnkrug. Aber indem ich mir pflichtschuldig Notizen machte, wurde mir immer klarer, dass solche Informationen zwar reiches Material für eine Jubiläumsrede ergeben würde, aber eben für eine, die hübsch im Rahmen des Erwarteten und Erwartbaren blieb, zu halten von Vorstandsvorsitzenden oder Politikern, für eine Rede also, die man sich von mir ausdrücklich *nicht* erhoffte.

Auf meine Frage nach dem tieferen, mir nach wie vor geheimnisvoll verborgenen Sinn des Mottos „Im Norden" bekam ich die Antwort: „Wenn man vom Norden spricht, ist eines klar: Es ist alles eine Frage der Perspektive."

Das hatte ich mir ja nun auch schon irgendwie selber notdürftig zusammengereimt, notierte mir den Satz aber höflichkeitshalber und dachte resignierend: „Was das nun wieder soll?"

Nachdem der Geschäftsführer der Hoffnung Ausdruck gegeben hatte, mich mit seinen Ausführungen inspiriert zu haben und ich matte Zustimmung geheuchelt hatte, wurde mir noch die Zusendung diverser Broschüren in Aussicht gestellt. Meine Vorfreude hielt sich in Grenzen.

*

Da hatte ich allerdings, ich gestehe es hier und jetzt reumütig ein, den oder die Verfasser der Broschüre mit dem Titel „Im Norden. Das Kunstkonzept der neuen LzO" gründlich unterschätzt, ja, nahezu verkannt. Zwar enthielt diese Broschüre allerlei Informationen, die mir überaus bekannt vorkamen, weil die Verfasser den gleichen Wikipedia-Artikel wie ich konsultiert hatten. Und auch der Satz des Geschäftsführers, vom Norden zu sprechen sei eine Sache der Perspektive, fand sich wortwörtlich wieder. Bei genauerer Lektüre stellte sich allerdings heraus, dass dieser Satz keineswegs so relativistisch und vage gemeint war, wie ich ihn verstanden hatte.

Vielmehr wurde *Im Norden* hier endlich klipp, klar und clever definiert. Das Geschäftsgebiet der LzO, las ich, habe nämlich nichts mit Eisschollen, Skandinavien oder dem Ende der Welt zu tun. Aber es liege *im Norden* Deutschlands, und der Verwaltungsneubau der LzO-Zentrale liege *nördlich* vom historischen Kern der ehemaligen Residenzstadt Oldenburg, dem Zentrum des ehemaligen Oldenburger Landes. Im Umkehrschluss hieß das nichts anderes als: Wo Oldenburg ist, ist die LzO, und da Oldenburg im Norden Deutschlands liegt, ist *Im Norden* genau da, wo die LzO ist. Und das Zentrum der LzO ist der Verwaltungsneubau, in dem wir uns hier befinden. Mit anderen Worten und zwingender Logik: Schluss mit der umständlichen Ausloterei von Horizont und Polarstern in wolkenlosen Nächten. Der Nordpol ist *hier*!

Diese unwiderlegbare Bestimmung des Nordens nötigt mir hohen Respekt ab. Und in ihrem lokalpatriotischen Selbstbewusstsein ist sie Musik in meinen Ohren. Auch wenn ich dreißig Jahre lang anderswo verbracht habe, bin ich doch ein ebenso eingeborener wie eingefleischter Oldenburger. Meine Familie ist hier seit über 250 Jahren ansässig, und wenn ich Oldenburg und *hier* sage, muss ich immer an meine Großmutter denken. Sie war so durch und durch Oldenburgerin, dass sie Todesanzeigen in der NWZ mit der Bemerkung quittierte: Der kauft jetzt auch nicht mehr bei Leffers. Sie hätte natürlich genauso gut sagen können: Der hat jetzt auch kein Konto mehr bei der LzO. Und wenn meine Großmutter Briefe adressierte, die das Stadtgebiet Oldenburgs nicht verlassen würden, schrieb sie nicht etwa Oldenburg auf den Umschlag, sondern *Hier*. Hätte sie die Definition der LzO noch erleben dürfen, hätte sie statt *Hier* vielleicht *Im Norden* geschrieben, die Verwechselungsgefahr mit der ostfriesischen Stadt Norden jetzt mal außer Acht gelassen.

Meine Ideenfindung, neudeutsch auch Brainstorming genannt, war jedenfalls durch die Lektüre der Broschüre an ein glückliches Ende gekommen. Ich wusste jetzt, was ich sagen würde. Meine Damen und Herren, würde ich sagen, Im Norden ist, wo die LzO ist, und der Nordpol ist hier, wo Sie sitzen und mir so geduldig zugehört haben. Dafür danke ich Ihnen. Und der Stiftung Kunst und Kultur der Landessparkasse zu *Hier* gratuliere ich herzlich zum 25-jährigen Jubiläum.

Kleines ABC
der Kommunalpolitik

Unter der Überschrift „Stellen Sie sich gut mit Pfarrern und Wirten" berichtete die Online-Ausgabe des Nachrichtenmagazins DER SPIEGEL im Februar 2009 über ein bundesweit einzigartiges Seminar. Die Fachhochschule Kehl in Baden-Württemberg bietet es einmal pro Jahr für Männer und Frauen an, die irgendwo in Deutschland den Chefposten im Rathaus anstreben. In einem dreitägigen Crashkurs üben künftige Kandidaten und Kandidatinnen, beim Volk zu punkten. Es ist eine Basislektion darin, wie der Wähler tickt. Bürgermeister-Anwärter lernen, wie sie im Wahlkampf beim Volk „gut ankommen" und sich nach erfolgreichem Wahlkampf verhalten sollten: „Gib Dich präsidial, steh zu Deinem Porsche – und zeig Dich niemals in der Badehose."

(Quelle: HYPERLINK „http://www.spiegel.de/unispiegel/jobundberuf/ 0,1518,608483,00.html" www.spiegel.de/unispiegel/jobundberuf/)

Natürlich reichen Kernpunkte wie präsidiales Gehabe, automobiles Markenbewusstsein und der Verzicht auf Badehosenpräsenz allein nicht aus, um das begehrte Amt zu erobern und erfolgreich zu verteidigen. Ein unabhängiges Expertengremium erarbeitet deshalb zurzeit ein Nachschlagewerk, das in Form von Stichworten alle relevanten Faktoren erfasst und definiert. Das Handlexikon Kommunalpolitik richtet sich übrigens ausdrücklich nicht nur an Bürgermeister, sondern an alle kommunalen Amtsinhaber, Politiker, Ratsherren und Dezernenten. Als kleines ABC der Kommunalpolitik kommt hier eine Auswahl der Stichworte zum exklusiven Vorabdruck.

Amtskette: Vergleichbar der Königskette bei Schützenfesten und Kohlfahrten, ist die A. die offizielle Insignie eines Bürgermeisters. Amtsinhaber vom Typus → Gutsherrenart hegen traditionell eine besondere Vorliebe für die A.

Bürger: Der B. ist ein mehr oder minder unberechenbares Subjekt und zu vernachlässigender Faktor der Kommunalpolitik. Allerdings verwandelt sich der B. im Vierjahresrhythmus zum sogenannten → Wähler und stellt als solcher grundsätzlich eine reale Gefahr für Amtsinhaber dar.

China: Als ostasiatisches Land ist C. für kommunalpolitische Kontakte nahe liegend, zumal es sich um eine lupenreine Demokratie und den Markt von übermorgen handelt. Hauptexportartikel: Pflastersteine für Fußgängerzonen, Masseure, Bademeister, Dopingmittel. Beim Empfang chinesischer Delegationen in der heimischen Kommune ist allerdings Vorsicht geboten, da Chinesen streng auf die Einhaltung von Bürgerrechten achten. Vgl. Ex-Bundeskanzler Kiesingers hellsichtige Warnung: „Ich sage nur Kina, Kina!"

Denkmalschutz: Sentimentale Wunschvorstellung ewiggestriger → Bürger. Etymologisch eine Verschleifung des ursprünglichen Begriffs Denkmalschmutz.

ECE: Die E. (Einkaufs-Center-Entwicklungsgesellschaft) ist zum Synonym für den wichtigsten Faktor moderner Stadtentwicklung geworden, nämlich der souveränen Missachtung irrationaler Bürgerwünsche. Eine verantwortungsbewusste Kommunalpolitik hat sich heutzutage vordringlich am ECE-Interesse zu orientieren, was auch den erfreulichen Nebeneffekt erhöhten Verkehrsaufkommens nach sich zieht. Vgl. auch → Parkhaus

Fotograf: Der wichtigste Multiplikator eines jeden Bürgermeisters. Dem F. ist der Amtsträger so oft wie möglich und stets mit einstudiertem Lächeln und erhobenem Daumen zu begegnen. Veranstaltungen, auf denen kein F. anwesend ist, sind von Kommunalpolitikern zu meiden.

Gutsherrenart: Beim → Bürger überaus beliebter Amtsführungsstil von Bürgermeistern, der jedoch einer gewissen schnauzbärtigen Jovialität bedarf. Als Steigerung der Gutsherrenart gilt neuerdings die Amtsführung á la „Kaiser von China".

Haltbarkeitsdatum: H. ist die scherzhafte Bezeichnung für das Ende einer Amtsperiode. Die Abwahl eines Bürgermeisters vor Ablauf des H. ist nur möglich, wenn sich Ratsmitglieder (vgl. → Rat) nicht der Fraktionsdisziplin, sondern ihrem Gewissen verpflichtet fühlen und also de facto ausgeschlossen.

Imponiergehabe: Rhetorisches I. mag nicht jedermanns Sache sein, aber ein Bürgermeister kann nicht anders. Um seine intellektuelle Kompetenz und Weltläufigkeit zu beweisen, muss seine Sprache durch englische Begriffe und Wendungen aufgewertet werden, und sogenanntes Namedropping ist unverzichtbar. Besonders überzeugend wirkt neuerdings die Berufung auf Barack Obama. Vgl. → Neologismus.

Jawohl: J. ist die angemessene Reaktion städtischer Dezernenten und Verwaltungsangestellter auf sämtliche Begehren eines demokratisch gewählten Bürgermeisters.

Kultur: K. ist grundsätzlich eine schöne Sache, die auch als Dekoration der eigenen Wichtigkeit zu nutzen ist. Vgl. → Imponiergehabe. Aber Achtung: K. macht Arbeit und kostet Geld. Um Mittel einzusparen, lässt man daher von ortsfremden Agenturen einen Kultur-Masterplan erstellen. Das kostet zwar auch Geld, führt jedoch zum erwartbaren Ergebnis, dass man jetzt schwarz auf weiß hat, was auch ohne Masterplan längst bekannt war.

Lüge: Die L. ist in der Kommunalpolitik ein unverzichtbares Mittel zum Zweck, in ein Amt gewählt zu werden. Die Frage, ob Wahlversprechen grundsätzlich als Vorstufe zur L. anzusehen sind, ist strittig. Vgl. → Umfaller und → Wähler.

Markt: Häufig in zentraler Lage zu findende, städtische Freifläche, deren antiquierte Nutzung als Wochenmarkt zu Gunsten profit- und profilträchtiger Events zu untersagen ist.

Neologismus: Zum notwendigen → Imponiergehabe eines Bürgermeisters zählt zwingend die üppige Verwendung von pseudointellektuellen Neologismen; z.B. redet man grundsätzlich von Event statt Veranstaltung, von Konfiguration statt Anordnung oder von Diskurs statt Gespräch.

Oldenburg: O. ist der Name einer Stadt in Nordwestdeutschland, die sich als „Übermorgenstadt" (vgl. → Slogan) bezeichnet.

Parkhaus: Eine Stadt ohne P. ist mindestens so antiquiert wie eine Stadt, die auf ihrem → Markt noch Obst und Gemüse verkauft wie in Postkutschenzeiten. P. muss hier stets im Plural begriffen werden und steht im Kausalnexus zu → ECE.

Querele: Die (zumeist im Plural) auftretende Q. bezeichnet den Dauerzustand in einem Stadtrat (vgl. → Rat), in dem der Verwaltungschef keine politische Mehrheit hinter sich bringen kann. Selbstüberzeugte Amtsträger (so genannte „Patex-Meister") bezeichnen diese Blockade jedoch als Chance und Herausforderung.

Rat: Der Stadtrat oder auch kurz R. verdankt seine Bezeichnung der Tatsache, dass er einen Bürgermeister beraten darf. Entscheidungen trifft einzig der Amtsträger. Vgl. → Gutsherrenart (Kaiser von China).

Slogan: Der S. ist ein Marketinginstrument, das in Kurzform auf den treffenden Begriff bringen soll, wofür die betreffende Stadt steht. Beispielsweise bezeichnet ein S. wie „Übermorgenstadt" die Gelassenheit seiner Verwaltung im Umgang mit aktuellen Problemen: „Morgen, morgen, nur nicht heute ..."

Titel: Kommunalpolitiker, die über einen oder besser gleich mehrere T. (Dipl.-Ing., Geheimrat, Dr., Soz.-Päd., B.A., Kammerschauspieler, R.A., Prof., M.A. etc. pp.) verfügen, achten immer und überall auf die korrekte und komplette Nennung ihrer T., um die eigene Bedeutung klarzustellen und vom → Bürger den schuldigen Respekt einzufordern. Titellose Kommunalpolitiker nehmen Kontakt zu Konsul Weyer auf. Vgl. → Imponiergehabe.

Umfaller: Pejorativ gemeinte Bezeichnung für einen Politiker, der vor Wahlen etwas verspricht, was er nach Wahlen nicht hält. Vgl. auch → Lüge sowie → Bürger und → Wähler. Der Begriff ist schon deswegen ehrenrührig, weil er lediglich gängige Verfahren kommunaler Realpolitik beschreibt.

Versprechen: Vgl. → Umfaller, → Lüge. Hier ist besonders zu bedenken, dass vom → Wähler als Versprechen verstandene Absichtserklärungen in der Regel lediglich Versprecher sind. Mit „ich bin dagegen" kann z.B. jederzeit „ich bin dafür" gemeint sein. Aufgeklärte → Wähler wissen das auch, werden jedoch gelegentlich zu Nichtwählern, wenn sie jedes Versprechen für bare Münze nehmen.

Wähler: Der W. (vgl. → Bürger) ist ein notwendiges Übel.

XY: Aktenzeichen der kommunalen Verwaltung für chronisch ungelöste Probleme, also z.B. Schulsanierung, Umwelt- oder Sozialpolitik.

Zero: Z. beschreibt die bei Städten und Gemeinden übliche Haushaltssituation, wird jedoch souverän ignoriert, wenn über die Erhöhung von Gehältern und Aufwandsentschädigungen abgestimmt wird.

Das Geheimnis der Gurkenbowle

ch studiere Landschafts- und Gartenarchitektur und bin Angehöriger der Generation Praktikum. In der Annahme, dass die Oldenburgische Landschaft sich den Mooren und Marschen, der Heide und Geest, den Bürger- und Bauerngärten des Oldenburger Landes widmet, hatte ich mich um einen Praktikumsplatz beworben. Die einschlägige Adresse war ja bereits vielversprechend: Gartenstraße! Dass ich den Praktikumsplatz nur wegen eines Missverständnisses bekam, tut nichts zur Sache – die Mitarbeiter der Landschaft haben es übrigens nie bemerkt und müssen es auch gar nicht wissen. Beim Vorstellungsgespräch erklärte mir nämlich der Geschäftsführer Dr. Brandt, die Oldenburgische Landschaft habe den gesetzlichen Auftrag, Kultur, Wissenschaft und Naturschutz zu fördern. Dabei blätterte er stirnrunzelnd in meinen Bewerbungsunterlagen, und ich dachte schon, jetzt setze es die Bedauern heuchelnde Absage, aber Dr. Brandt sagte, mein Interessenschwerpunkt liege ja wohl ganz offenkundig beim Naturschutz. Obwohl mir inzwischen klar war, dass diese Landschaft mit dem, was ich mir unter Landschaft vorstellte, so gut wie gar nichts zu tun hatte, nickte ich dienstfrig. Es war doch völlig egal. Hauptsache Praktikumsplatz!

Während des sechswöchigen Praktikums warf ich dann für Frau Remmers abgelehnte Anträge auf Förderung plattdeutscher Geburtstagsreden in den Aktenschredder, besorgte Frau Kreft, die für die Finanzen zuständig ist, neue Batterien für ihren Taschenrechner, ließ mir von Dr. Welp erklären, dass archäologische Denkmalpflege strukturelle Ähnlichkeit zur Tätigkeit eines Beerdigungsinstituts aufweist, weil hier wie dort im Erdreich gegraben wird, half Frau Barr beim Umsortieren der Bibliothek (früher nach Größe, jetzt nach Farbe der Bücher), kochte mit Frau Vollmer vom Sekretariat Ostfriesentee und Kaffee und holte täglich die belegten Brötchen (lecker!) fürs zweite Frühstück aus der Stadtbäckerei. Als ich seine Archivakten entstaubte, erzählte mir Herr Struck, der unter anderem für Personengeschichte zuständig ist, eine lustige Anekdote vom Vogelwart auf Wangerooge, womit dann auch mein „Interessenschwerpunkt Naturschutz" (O-Ton Dr. Brandt) hinreichend abgedeckt war. Es wäre also ein Praktikum wie jedes andere gewesen, wäre da nicht die Sache mit der Gurkenbowle passiert.

Wie jedes Jahr fand nämlich auch in jenem Juli das Oldenburger Landesturnier im Rasteder Schlosspark statt. Dabei steht bekanntlich der Pferdesport im Mittelpunkt, aber Herr Henneberg, unser stellvertretender Geschäftsführer, erklärte mir, dass der gesellschaftliche Höhepunkt der Empfang sei, den der Herzog von Oldenburg im Rasteder Schloss gebe. Einladungen zu diesem Ereignis ergingen natürlich nur an auserwählte, wichtige Persönlichkeiten, also zum Beispiel an Herrn Lucke, unseren Präsidenten, an Dr. Brandt und an ihn, Henneberg, selbst. Sollte ich jedoch im Besitz eines gültigen Führerscheins sein und mich bereit erklären, die drei Führungskräfte der Landschaft nach Rastede und, hier zwinkerte Herr Henneberg mir listig zu, auch wieder zurück zu chauffieren, könne er mir ausnahmsweise eine Einladung zuschanzen.

Und so kam es, dass mir einige Tage später Zugang ins Rasteder Schloss gewährt wurde, das der profanen Öffentlichkeit ansonsten versperrt bleibt. Enorm wichtige, zum Teil auch höchst gewichtige Damen und Herren lauschten gehorsamst den schlichten Begrüßungsworten seiner Königlichen Hoheit und plauderten dann pflichtschuldig über Springpferdeprüfungen, Dressurpferdeprüfungen, Vielseitigkeitsprüfungen, Fahrprüfungen und die Leistungsprüfungsordnung der Deutschen Reiterlichen Vereinigung. Zwar hatten viele, genau wie ich, nicht den leisesten Schimmer vom Reitsport, aber auch in diesem herzoglichen Olymp war Dabeisein alles. Adrette Mädchen mit weißen Schürzen und gestärkten Hauben schwebten durch den Raum und kredenzten auf Silbertabletts Gläser mit Gurkenbowle.

Da ich als „Besitzer eines gültigen Führerscheins" zum Chauffeurdienst verpflichtet worden war, hielt ich mich an Mineralwasser. Warum man mir Unwürdigem das verantwortungsvolle Amt angetragen hatte, dämmerte mir, nachdem Präsident, Vorsitzender und stellvertretender Vorsitzender zügig ihr erstes Glas Gurkenbowle geleert hatten und munter zum zweiten griffen.

Diese Bowle, raunte Dr. Brandt mir zu, sei eine, wenn nicht *die* herzogliche Spezialität, hergestellt nach einem uralten Geheimrezept des Oldenburger Herrscherhauses. Schon seit Generationen hätten Gäste, die mit der Bowle bewirtet wurden, versucht, hinter die Rezeptur zu kommen. Vergeblich.

„Das Rezept", sagte Präsident Lucke bedeutungsschwer, „ist ein Staatsgeheimnis", nahm sich ein drittes Glas, trank und sah ganz verzückt aus. „Wenn es uns als Oldenburgischer Landschaft gelänge", wandte er sich an Dr. Brandt und Herrn Henneberg, „das Rezept zu bekommen ..." Er sprach den Satz nicht zu Ende.

Mir blieb unklar, welchen Vorteil oder Distinktionsgewinn die Landschaft aus der Kenntnis der Rezeptur von Gurkenbowle ziehen könnte, aber Dr. Brandt und Herr Henneberg, inzwischen beim vierten oder fünften Glas angekommen, nickten begeistert. „Das wäre ein Triumph!", rief Dr. Brandt. „Aber wie kommen wir da ran?"

Ein halbes Glas lang schienen alle scharf nachzudenken. „Meine Herren", sagte plötzlich Herr Lucke mit präsidialem Tonfall, der allerdings bereits die Silben unscharf verschliff, „ich habe da eine Idee." Der Geistesblitz des Präsidenten war zwar keine Schnaps-, sondern eine Bowlenidee und als solche recht schlicht, aber, das muss man neidlos anerkennen, auch ziemlich gut, wenn nicht gar gerissen.

Herr Henneberg war ganz fassungslos und wiederholte mehrfach: „Dass ich da nicht selber drauf gekommen bin."

Dr. Brandt sagte nur: „Genial, Herr Präsident, einfach genial." Herr Lucke nickte in seliger Vorfreude und winkte eins der Serviermädchen mit Gurkenbowlennachschub heran.

*

Zwei Wochen später wurde die präsidialgeniale Idee in die Tat umgesetzt. Seine Königliche Hoheit Anton Günther, Herzog von Oldenburg etc.pp., hatte huldvoll der Einladung zu einem „Arbeitsfrühstück" bei der Oldenburgischen Landschaft entsprochen, um sich einmal höchstpersönlich einen Eindruck über die Tätigkeit der Institution zu verschaffen, die im ehemaligen Hoheitsgebiet seiner Familie Kultur, Wissenschaft (und Naturschutz!) fördert. Gereicht wurden entsprechend patriotische Köstlichkeiten: Brötchen von der Hofkonditorei Klinge, Ammerländer Schinken, Nordseekrabben aus Varelerhafen, Eier aus Südoldenburg, Konfitüre von Butjadinger Streuobst, Oldenburger Butterkäse und so weiter und so fort, dazu Ostfriesentee mit Kluntjes und Sahne. Ostfriesland hatte zwar nie zum Oldenburger Land gehört, aber der listige Herr Lucke hatte das Getränk mit Bedacht geordert, weil es ihm das Stichwort lieferte, sich gegenüber dem Herzog über die separatistischen Umtriebe in Neustadt-Gödens zu entrüsten. In dem rebellischen Städtchen wurden immer mal wieder Stimmen laut, man gehöre statt zu Oldenburg nach Ostfriesland.

„Unfassbar", stöhnte Herr Henneberg. „Skandalös", befand Dr. Brandt.

Der Herzog lächelte unergründlich.

Gedeckt war natürlich nur für den Herzog, den Präsidenten, den Geschäftsführer und seinen Stellvertreter. Fräulein Müller, die ein Freiwilliges Soziales Jahr bei der Landschaft ableistet, Herr Meyer, Volontär mit Schwerpunkt Plattdeutsch, und meine Wenigkeit als Praktikant für Naturschutz hatten sich auf Anweisung der Geschäftsführung in Ammerländer Bauerntrachten (zur Verfügung gestellt vom Heimatverein Wiefelstede) werfen müssen. Derart folkloristisch korrekt ausstaffiert, fungierten Meyer, Müller und ich gewissermaßen als Dienerschaft, was den Herzog sichtlich rührte. Herr Struck hatte den Auftrag, mit wechselnden Aktenordnern unterm Arm in unregelmäßigen Abständen betriebsam durchs Konferenzzimmer zu huschen, um Arbeitsatmosphäre vorzutäuschen, und machte das so überzeugend, als täte er es tagtäglich.

Dr. Brandt erläuterte dem Herzog die Entstehungsgeschichte der Körperschaft und legte dabei besonderen Nachdruck auf den Volksentscheid von 1975, bei dem die Mehrheit, in Treue fest, bekanntlich für die Wiedereinführung des alten Oldenburger Landes gestimmt hatte, um, wie Herr Lucke mit bebender Stimme einwarf, der Knecht-schaft Hannovers zu entrinnen. Skandalöserweise hatte dann aber der Bundestag diesen Entscheid einfach vom Tisch gewischt.

„Was soll man dazu sagen?", fragte Herr Lucke reichlich rhetorisch. „Parlamentarische Demokratie. Ha!", sagte der Herzog und biss grimmig in sein Krabbenbrötchen.

In diesem Moment erscholl aus den hinteren Räumen die Lan-deshymne: „Heil dir, o Oldenburg! Heil deinen Farben! Gott schütz' dein edles Ross, er segne deine Garben! Heil deinem Fürsten! Heil! der treu dir zugewandt, der dich so gern beglückt, o Vaterland!"

Der Herzog schien sichtlich bewegt. Herr Lucke schmunzelte zufrieden. Alles lief nach Plan. „Unser Dr. Welp", erläuterte der Prä-sident seiner Hoheit, „und Frau Remmers arbeiten derzeit an einem groß angelegten Forschungsprojekt, in dem die diversen Fassungen unserer schönen Hymne historisch, soziologisch und musikalisch erschlossen und kollationiert werden."

Der Herzog lächelte begeistert und bat um mehr Ostfriesentee. Fräulein Müller goss formvollendet ein.

Herrn Henneberg, der in Cloppenburg wohnt, war die Aufgabe zugewiesen worden, die Südoldenburger Belange zu vertreten, und er spielte auch gleich seinen größten Trumpf aus. „Als der bischöf-liche Offizial von Twickel unlängst vom Papst empfangen wurde", erzählte Henneberg, „hat der Pontifex, als der Name Oldenburg fiel, spontan und historisch versiert bemerkt: Sie sind ja autonom."

„Ach was?", sagte oder fragte der Herzog und zeigte ein mildes, gewissermaßen ökumenisches Lächeln.

Damit war im Grunde alles gesagt und der Vormittag fast vorbei. Herr Lucke leitete nun den entscheidenden Schachzug ein, indem er mir das verabredete Zeichen gab. Ich eilte in die Teeküche, wo Frau Barr, Frau Kreft und Frau Vollmer am Tisch saßen und die Gurkenbowle verkosteten, die sie vor anderthalb Stunden in weib-licher Koproduktion angesetzt hatten. Die Damen waren bereits in gehobener Stimmung.

„Das Zeug ist gut", sagte Frau Remmers. „Hoffentlich klappt es", sagte Frau Barr, und Frau Kreft kicherte ansteckend.

Ich trug die Karaffe mit den Gläsern ins Konferenzzimmer, wo Meyer und Müller inzwischen abgedeckt hatten.

„Statt Ihnen zum Abschied ein Glas Sekt anzubieten", sagte Herr Lucke zum Herzog, „haben wir uns erlaubt, eine Oldenburger Spezialität vorzubereiten, die sich auch in Ihrem Hohen Hause einer gewissen Beliebtheit erfreut." Herr Lucke machte eine kleine Pause und fügte dann neckisch an: „Natürlich hat da jeder sein eigenes Rezept ..." Die Herren hoben ihre Gläser, und Präsident Lucke sagte salbungsvoll: „Auf Haus und Land Oldenburg." Man prostete sich zu und trank.

„Und? Was sagen Sie zu unserer Bowle, Königliche Hoheit?", erkundigte sich Dr. Brandt.

Der Herzog machte ein paar kennerische Kaubewegungen. „Recht gut", nickte er.

„Aber nicht so gut wie die Bowle, die man in Ihrem Haus reicht, nicht wahr?", hakte Herr Henneberg nach.

„Da hat natürlich jeder sein eigenes Rezept", sagte der Herzog jovial.

„Eben, eben", sagte unser Präsident hastig, „wir nehmen Salatgurke, Zucker, Moselwein, Mineralwasser und Weinbrand."

Der Herzog schien nachzudenken und sagte dann: „Kommt mir bekannt vor, aber wir machen es doch anders."

„Wie denn, wie denn?", platzte es ungeduldig aus Herrn Henneberg heraus.

„Ach, wissen Sie, das ist ein Staatsgeheimnis", schmunzelte der Herzog. „Und jetzt muss ich mich verabschieden." Was er auch tat, indem er jedem von uns, sogar Meyer, Müller und mir, huldvoll die Hand schüttelte.

Lucke, Dr. Brandt und Henneberg machten lange Gesichter, weil der geniale Plan fehlgeschlagen war, eskortierten den Landesherrn aber immerhin auf die Straße, wo bereits der Wagen des Herzogs wartete. Ich stand neben Meyer und Müller am Fenster des Konferenzzimmers und sah zu, als plötzlich Dr. Brandt meinen Namen rief und winkte. „Schnell, schnell! Bringen Sie ein Exemplar unserer Zeitschrift herunter! Seine Königliche Hoheit interessiert sich brennend dafür!" Ich eilte mit dem druckfrischen Blatt auf die Gartenstraße. Das Seitenfenster des herzoglichen Wagens war heruntergekurbelt. Der Herzog nahm die Zeitschrift entgegen und winkte mir dann mit dem Zeigefinger, näher zu kommen. Ich reckte den Kopf vor.

Der Herzog schmunzelte. „Es ist zwar ein Staatsgeheimnis, junger Mann", sagte er, „aber Sie sehen so aus, als könnten Sie Geheimnisse für sich behalten." Dann kniff er konspirativ ein Auge zu und flüsterte mir jene Zutat zu, die die herzogliche Gurkenbowle so unverwechselbar macht. Statt des Weinbrands benutzt man im Hause Oldenburg —.

Der Herzog hatte Recht. Ich kann Geheimnisse zwar für mich behalten, habe aber auch keine Hemmungen, sie profitabel zu verwerten. Also marschierte ich am nächsten Tag zu Präsident Lucke und eröffnete ihm, im Besitz des begehrten Herrschaftswissens zu sein. Freilich wäre ich bereit, Staatsgeheimnis hin, Praktikantenelend her, mit dem Rezept herauszurücken, wenn mir die Landschaft eine Festanstellung als Naturschützer garantiert, und zwar auf der vakanten Beamtenstelle. Herr Lucke sagte, er wolle darüber nachdenken. Er denkt immer noch nach, aber ich bin optimistisch.

Großer Riese, blauer Brief

ens sana in corpore sano – dies unverwüstlich-ehrwürdige Ideal humanistischer Bildung kollidierte in der Wirklichkeit unseres Sportunterrichts heftig und gelegentlich schmerzhaft mit dem Bibelwort, dass der Geist willig, das Fleisch aber schwach ist. Vor allem im Umgang mit Turngeräten machten wir die Erfahrung, dass diese beiden klassischen Aussagen sich so unversöhnlich gegenüberstanden, dass sie höchstens noch in den künstlichen Synthesen der dialektischen Besinnungsaufsätze im Deutschunterricht vermittelbar waren, nicht jedoch in der rauen Realität. Das Fleisch erwies sich hier nicht nur als schwach, sondern im spürbaren Antagonismus mit dem Stahl der Reckstange vor allem als weich, wenn uns zum Beispiel Auf- und Umschwünge abverlangt wurden, die wir, aus Schaden klug und wortgewaltig geworden, sport-terminologisch freilich nicht ganz sachgerecht, auch Hodenquetsche nannten. Beliebter waren Ballspiele, doch wurden sie eben ihrer Beliebtheit wegen nur selten und gewissermaßen als Belohnung für tapfer ertragene Folterstunden an Barren, Bock und Ringen gewährt.

Als Krönung turnerischer Tollkühnheit galt der so genannte Große Riese, eine Übung, die ich nie einen Schüler, allerdings einmal verblüffenderweise einen Lehrer ausführen sah. Es handelte sich bei diesem entschlossenen Mann der Praxis um einen gewissen Kurt Wegner, der damals bereits über 60 war und immer noch alles vorzumachen pflegte, was seine Schüler nachmachen sollten – nachzumachen freilich nur selten in der Lage waren. Damit stand der wackere Wegner, dessen Kabinettstück der Salto aus dem Stand war, im krassen Gegensatz zu seinen eher der Theorie zuneigenden Kollegen. Mein erster Deutsch-, zugleich aber auch Sportlehrer war Karl „Charly" Hellmann, ein älterer Herr, sehr freundlich und durchaus beliebt, aber schon bedenklich wackelig auf den Beinen, der wegen des chronischen Lehrermangels während der sechziger

Jahre noch lange über sein Pensionsalter hinaus Schuldienst schob. Er machte sich ehrlicherweise nicht einmal mehr die Mühe, einen Trainingsanzug anzuziehen, sondern fragte zu Beginn der Sportstunde leutselig in die Runde, wozu wir denn heute mal Lust hätten. Die Standardantwort lautete: Fußball – woraufhin Hellmann einen Ball herausgab, uns eine Weile lächelnd beim Bolzen zusah und dann, die schon leicht zitternden Arme hinterm Rücken verschränkt, verschwand, um kurz vor Ende der Stunde wieder aufzutauchen und den Ball ordnungsgemäß und sachgerecht im Ballschrank wegzuschließen.

Während meiner Oberstufenzeit wurden die Leibesübungen unserer Klasse von einem Junglehrer geleitet, der gerne Basketball spielte, weil er eine Weile in den USA verbracht hatte, uns so genanntes *circuit-training* verordnete, dessen Sinn mir bis heute unklar geblieben ist, und auch in anderen Sportarten theoretisch sehr beschlagen war. Als er uns davon zu überzeugen versuchte, die Einübung des Großen Riesen sei lediglich eine Frage der Technik, diese Technik selbst aber nicht vorexerzierte und also erwartungsgemäß auf den passiven Widerstand der gesamten Klasse stieß, versuchte er, uns bei der sportlichen Ehre zu packen.

Auf einem Aus- oder Fortbildungsseminar für Sportlehrer, erzählte er feurig, habe sich einer seiner Kollegen, der übrigens gebürtiger Grieche gewesen sei, beim ersten Versuch eines Großen Riesen einen komplizierten Knochenbruch zugezogen. Das habe diesen Griechen im Gegensatz zu uns Flachpfeifen nun aber keineswegs irritiert; vielmehr sei er, kaum vom Gips befreit, unverzagt aufs neue ans Reck getreten und habe den Großen Riesen bewältigt, sozusagen „aus dem Stand".

Von Stund an, man kann es sich denken, hat niemand mehr von uns den Großen Riesen auch nur rein theoretisch zu bewältigen versucht. *Mens sana in corpore sano* – das war in diesem Fall ja wohl so zu übersetzen, dass ein halbwegs gesunder Menschenverstand uns davon abhielt, die Gesundheit unseres Körpers aufs Spiel zu setzen. „Der Grieche" aber wurde zu einem geflügelten Wort, das bei jeder Turnübung als Warnruf die Runde machte und die sportliche Risikobereitschaft auf ein Minimum reduzierte.

Schauplatz solcher Übungen war im Winter die alte Schulturnhalle, eine neugotische Kreuzung aus Kapelle und Pferdestall, während im Sommer der Sportunterricht im Marschwegstadion stattfand, das auch für die Fußballturniere der Schule und natürlich und vor allem für die alljährlich zelebrierten Bundesjugendspiele den Rahmen abgab. Sinn dieser Veranstaltung war es, in diversen Disziplinen wie Laufen, Springen, Werfen so viele Punkte zu sammeln, dass man schließlich mit einer Siegerurkunde geehrt wurde, die bereits durch sehr zurückhaltende Leistungen erreichbar war. Höher lag die Meßlatte jedoch für den, dessen Ehrgeiz auf eine Urkunde zielte, die die aufgedruckte Unterschrift des jeweils amtierenden Bundespräsidenten trug – erst also Lübke, dann Heinemann.

Das Verlassen des Schulgrundstücks war grundsätzlich verboten. Und ebenso selbstverständlich war es verboten, bei Bundesjugendspielen und Fußballturnieren das Stadion zu verlassen, bevor nicht alle Sieger geehrt und das abschließende Fußballspiel zwischen Schülern und Lehrern stattgefunden hatte. Wer dennoch glaubte, es sei nun des grausamen Spiels genug und sich aus dem sportlichen Staube zu einem Stadtbummel mit Kaffeefassen bei Tschibo auf- und davonmachen wollte, der hatte seine Rechnung ohne den berüchtigten Mathematiklehrer Dolle gemacht. Bewaffnet mit Feldstecher und Notizblock hockte der nämlich in einem Gebüsch am Stadionausgang und notierte die Namen der Deserteure samt genauem Zeitpunkt ihres unbefugten Abgangs. Am nächsten Tag würde diesen Renegaten per Eintrag ins Klassenbuch noch eine gelbe Karte beziehungsweise Urkunde der besonderen Art zu verleihen sein.

Die rote Karte des Schullebens war der Blaue Brief, der aber denkwürdigerweise in einem grünen Couvert verschickt wurde und meine Eltern darüber aufklärte, dass der Schüler Klaus Modick wegen mangelhafter Leistungen im Lateinischen und in Mathematik das Klassenziel nicht erreicht hatte. In der zehnten Klasse musste ich demnach die einjährige Ehrenrunde drehen. Am letzten Tag des Schuljahrs fand wie stets das Fußballturnier der Schule statt. Die

Klassen 5 bis 9 spielten den so genannten Kleinen Meister aus, die Klassen 10 bis 13 demnach den Großen Meister, wobei zumeist eine 12. Klasse gewann, weil die dreizehnten Klassen ihr Abitur in der Tasche hatten und also mehr oder minder alkoholisiert aufliefen, während die zehnten und elften Klassen körperlich unterlegen waren.

Dennoch erreichten wir das Endspiel. Eine Sensation aber war es, dass unser Gegner nicht etwa eine zwölfte Klasse sein würde, sondern genau jene zehnte, die im nächsten Jahr elfte sein würde und der ich dann zwangsweise angehören würde. Mit Spielwitz, Lauffreude und dem nötigen Glück hatten sie die reiferen Teams besiegt, deren Altersdurchschnitt ein bis zwei Jahre über ihrem lag. Und nun stelle man sich die inneren und äußeren Konflikte vor, in die diese Konstellation mich stürzte. Wenn ich mit vollem Einsatz für meine alte Klasse spielen würde, machte ich mir in meiner neuen bestimmt keine Freunde; hielte ich mich absichtsvoll zurück, würde ich von meiner alten Klasse als Verräter scheiden.

Ich löste das Problem mit einer taktischen Verletzung, indem ich beim dritten Ballkontakt absichtlich in den Rasen trat und mich mit schmerzverzerrtem Gesicht auswechseln ließ. Meine alte Klasse gewann auch ohne mich, wenn auch nur knapp. Im nächsten Jahr kam es zu einer Neuauflage des gleichen Endspiels. Diesmal gewann meine neue Klasse. Ich spielte durch, schoss ein Tor und wurde versetzt.

Hölle des Nordens
oder
Wenn Uwe Seeler Oldenburger wäre

ein Onkel Peter war ein gemütlicher, leicht übergewichtiger Mann, der einen Hang zu witzigem Zynismus pflegte, gern Rotwein trank und halbierte, filterlose Senoussi-Zigaretten aus einer silbernen Spitze rauchte. In Sachen Leibesübungen hielt er es mit Winston Churchill („No sports!"), mit dem er auch eine entfernte physiognomische Ähnlichkeit hatte.

Aber weil Onkel Peter als Spross unserer ur-oldenburgischen Familie entschieden lokal-patriotisch gesinnt war, zog es ihn als Zuschauer gelegentlich zu Sportveranstaltungen, die dazu angetan waren, Ruhm, Ehre und Bedeutung Oldenburgs in der Welt zu mehren. Das entsprechende Angebot war freilich übersichtlich. Immerhin gab es den zwar aus Holland stammenden, aber erst im Oldenburgischen groß und stark gewordenen Boxer Hein ten Hoff, der sogar mal Europameister gewesen war. Und es gab auch den Oldenburger Fußballnationalspieler Felix „Fiffi" Gerritzen, auf den Onkel Peter aber gar nicht gut zu sprechen war, weil sich der „pfeilschnelle Ballartist für'n Appel und 'n Ei" (O-Ton Onkel Peter) von Preußen Münster hatte abwerben lassen.

Ansonsten war es mit dem Sport in Oldenburg nicht so weit her, doch als der VfB Oldenburg 1960 in die Oberliga Nord, im Fußball damals die höchste deutsche Spielklasse, aufgestiegen war und gegen den Deutschen Meister HSV antrat, ließ Onkel Peter sich natürlich nicht lumpen. Im Tabakwarenfachgeschäft Parat in der Haarenstraße, wo er seine Senoussi kaufte, und das praktischerweise auch als Vorverkaufsstelle für Heimspiele des VfB diente, erstand er zwei Karten – eine für sich und eine für mich. Ich war damals neun Jahre alt, bolzte begeistert bei jeder Witterung mit Nachbarskindern auf der Dobbenwiese, war aber noch nie bei einem richtigen Fußballspiel gewesen. Und also befand Onkel Peter, dass es nun für mich an der Zeit sei, der sprichwörtlich auf dem Platz liegenden Wahrheit ins Auge zu schauen.

Weil der VfB den HSV vor mehr als 10 Jahren angeblich einmal mit 1:0 besiegt haben sollte, war Onkel Peter gedämpft optimistisch. Warum sollte sich das Wunder von 1949 nicht auch 1960 noch einmal wiederholen? Vor sagenhaften 32.000 Zuschauern, die auf unerklärliche Weise irgendwie ins Marschwegstadion gepfercht worden waren, erwies sich die Wahrheit auf dem Platz dann jedoch als eine deftige Niederlage des VfB. Onkel Peter spendierte mir und sich selbst zum Trost eine Bratwurst, nahm einen Schluck aus seinem Flachmann, steckte sich eine halbe Senoussi in die Spitze und sagte: „Wenn Uwe Seeler Oldenburger wäre, hätten wir die geputzt." Leider war Uwe Seeler aber kein Oldenburger, weshalb Onkel Peter noch eine andere Sieg-Theorie nachschob: „Wenn das Spiel nicht am Marschweg stattgefunden hätte, sondern in Donnerschwee, hätten wir auch gewonnen. Da haben alle Gastmannschaften die Hosen voll. Donnerschwee ist die Hölle des Nordens."

Hölle des Nordens? Das klang ja enorm. Da musste ich hin! Ab sofort pilgerte ich, bewaffnet mit einer blau-weißen Fahne am Besenstiel, jeden zweiten Samstag nach Donnerschwee, um Spieler wie Dobat, Jung, Nagel oder Presche anzufeuern. Zwar erwies sich das morsche Stadion im Schatten des Wasserturms häufig leider auch als Hölle unserer Heimmannschaft, doch erfreute sich der VfB zwischen 1960 und 1970 vergleichsweise guter Jahre. In der Oberliga und, nach Einführung der Bundesliga, dann in der Regionalliga Nord, war die Mannschaft solides Mittelmaß. Als ich 1971 nach dem Abitur Oldenburg verließ, stieg der VfB prompt ab, als ginge es ohne mich nicht mehr. Ich glaube aber kaum, dass ich für den Niedergang allein verantwortlich war.

Nach Hamburg zog ich zwar nicht des HSVs wegen, sondern um zu studieren, doch mit dem HSV, der ja dank Onkel Peter mein fußballerisches Initiationserlebnis gewesen war, schloss sich dort ein Kreis. Ich erlebte 1972 sogar noch das Abschiedsspiel Uwe Seelers (der immer noch kein Oldenburger geworden war) und wurde sukzessive zum HSV-Fan. Als ich Zeuge wurde, wie der HSV in einem Europapokalspiel Real Madrid mit 5:1 vom Platz fegte, kam ich zu der Einsicht, dass die Hölle des Nordens nicht in Donnerschwee, sondern im Hamburger Volkspark zu finden war. Mit meiner freundlichen Unterstützung errang der HSV 1977 den Europapokal der Pokalsieger, wurde mehrfach Deutscher Meister und gewann schließlich 1983 auch den Europapokal der Landesmeister. Die Aufstellung des legendären Trainers Ernst Happel weiß ich heute noch auswendig: Stein, Hieronymus, Kaltz, Jakobs, Wehmeyer, Rolff, Groh, Magath, Milewski, Hrubesch, Bastrup (von Heesen).

Unterdessen unterrichteten mich Presse, Funk und Fernsehen darüber, dass auch mein blau-weißer VfB sich weiterhin durchaus achtbar schlug. Der Verein stieg zwei- oder dreimal in die 2. Bundesliga auf, allerdings nur, um auch gleich wieder abzusteigen. So etwas nennt man in Fachkreisen wohl Fahrstuhlmannschaft. Und in der Saison 1991/92 staunten sämtliche Fachleute, und alle Laien wunderten sich, weil dem VfB um ein Haar fast der Aufstieg in die 1. Bundesliga gelungen wäre, aber eben nur um ein Haar. Knapp vorbei ist auch daneben, und von da an ging der Fahrstuhl eigentlich nur noch abwärts. Um den Verein zu entschulden, wurde das Stadion in Donnerschwee verkauft. Wo früher in der Hölle des Nordens der VfB seine Strohfeuer entzündete, steht jetzt ein höllisch hässliches Einkaufszentrum. Onkel Peter, der Fußballgott habe ihn selig, hat vermutlich in seinem Grab auf dem Gertrudenfriedhof rotiert.

Wenn ich in Oldenburg zu Besuch war, begleitete ich meinen Freund Ralph, übrigens der glühendste Fan, den der VfB je hatte, an Sonntagen manchmal ins Marschwegstadion, wo der VfB vor ein paar Hundert Unentwegten nun seine dritt-, viert- und schließlich fünftklassigen Partien absolvierte. Es waren fast immer Trauerspiele. Aus der Hölle des Nordens war ein Holzkohlegrill geworden. Die Bratwurst schmeckte jedenfalls immer noch, und bei schönem Wetter war es auf der Tribüne auch recht gemütlich. Wir plauderten dann über dies und jenes, zum Beispiel über die Spiele der 1. Liga, und schauten dabei mit immer interesseloser werdendem Missvergnügen auf die dürftigen Darbietungen der Blau-Weißen. Falls Ralph irgendwann Magengeschwüre bekommen sollte, dürften die blau-weiß eingefärbt sein. Und als uns während eines Spiels der damalige Universitätspräsident Daxner einmal mit der Frage überfiel, ob wir eigentlich der Meinung seien, dass man heutzutage noch Agnes Miegel lesen könne, wurde uns schlagartig klar, dass es am Marschweg nicht mehr in erster Linie um Fußball ging.

Inzwischen wohne ich wieder in Oldenburg, und zwar in der Nähe des Marschwegstadions. Wenn ich sonntags im Garten sitze und Südwind weht, kann ich den Spielen des VfB akustisch beiwohnen. Meistens klingt es wie ein enttäuschtes, nahezu ersticktes, um nicht zu sagen ersterbendes Stöhnen. Und wenn ich jetzt ausplaudere, dass selbst ein Hardcore-Fan wie Ralph nicht mehr zum VfB geht, oder wenn doch, dann mit Sonnenbrille und tief in die Stirn gezogenem Hut getarnt, ist damit zum Thema Fußball in Oldenburg eigentlich alles gesagt.

Fast alles. Anzumerken ist nämlich noch, dass es mich als HSV-Freund einerseits, selbstbewussten Oldenburger andererseits zutiefst verstört, dass die Masse der Oldenburger Fußballfreunde zu Parteigängern Werder Bremens geworden sind. Ich verstehe zwar, dass man sich für erstklassigen Fußball eher erwärmen mag als für das fünftklassige, unterirdische Gekicke am Marschweg – aber, bitte sehr, doch nicht für den Erzrivalen aus der Nachbarstadt! Zu Onkel Peters Zeiten, als der HSV, Werder Bremen und der VfB noch in ein- und derselben Liga kickten, waren die Spiele gegen Werder Bremen von gesunder Nachbarschaftsrivalität geprägte Derbys. Ein Sieg gegen Werder gelang zwar so gut wie nie, aber wenn, dann war er süß, süßer noch als gegen den HSV. Wie um alles in der Welt, frage ich mich, kann man als Oldenburger eine Mannschaft bejubeln, die zwar grüne Trikots trägt, aber aus einer Stadt kommt, in der man den Grünkohl als Braunkohl bezeichnet?

Gewagte Demokratie
Die wilden Jahre um 1968 im Spiegel
der Oldenburger Schülerzeitung STRIX

m Dezember 1969 erschien in der STRIX, der seit den fünfziger Jahren bestehenden „Schülerzeitung am Alten Gymnasium Oldenburg", folgendes Gedicht des damaligen AGO-Schülers Heiko P. Ahlers:

ge/hen ZW (ging; ge/gan/gen).
mar/schie/ren ZW (-ier/te; -iert).

überhaupt
so geht das nicht weiter
schon seit jahren geht das so
und das darf nicht so weitergehen
so geht ihnen das doch auch?
geht das überhaupt?

wenn das so weitergeht
geht denen mal die luft weg
dann geht das licht aus
kann man da noch mitgehen?
da muß einem ja der hut hochgehen

überhaupt
so marschiert das nicht weiter
schon seit jahren marschiert das so
und das darf nicht so weitermarschieren
so marschiert ihnen das doch auch?
marschiert das überhaupt

wenn das so weitermarschiert
marschiert denen mal die luft weg
dann marschiert das licht aus
kann man da noch mitmarschieren?
da muß einem ja der hut hochmarschieren

denen muß mal der gang geblasen werden

In ihrer Mischung aus gut gelaunter Aufsässigkeit, vagem Widerspruchsgeist und experimentellem Sprachwitz hat diese Pennäler-Lyrik etwas Wesentliches von der geistigen Situation jener Zeit eingefangen, für die später eine Jahreszahl zum exemplarischen Begriff gerinnen sollte: 1968. Das inzwischen fast mythisch gewordene Datum steht für eine Epoche gesellschaftlicher Unruhe, politischen Umbruchs und sehr vielschichtiger Formen des Protests und der Rebellion, deren kleinster gemeinsamer Nenner in dem unklaren, aber starken Gefühl bestand, dass es so nicht mehr weitergehen und schon gar nicht weitermarschieren durfte.

Liest man heute die Ausgaben der STRIX, die in diesen manchmal peinlich, manchmal erfrischend wilden Jahren erschienen, wird deutlich, dass die politischen Ereignisse und Diskussionen heftig aufs Schulleben am Alten Gymnasium durchschlugen und dass innerhalb der Schülerschaft politisches Selbstbewusstsein sowie Bereitschaft und Fähigkeit zu Mündigkeit und kritischem Denken aufbrachen.

1966 war die Welt des AGO noch so *heil* gewesen, dass in einem Artikel der STRIX unter Berufung auf Platons „Staat" eine Lanze für die Franco-Diktatur in Spanien gebrochen wurde: Eine gute Diktatur sei besser als eine schlechte Demokratie. Die alten Kameraden und kalten Krieger im Lehrerkollegium dürften derlei politische Instrumentalisierung humanistischer Bildung wohlwollend zur Kenntnis genommen haben.

Ein Jahr später war es mit dem Wohlwollen vorbei. Die Schulleitung hatte eine „Stunde der Begegnung" ehemaliger Leobschützer Schüler mit der Oberstufe des AGO anberaumt, eine Veranstaltung, die zur finsteren „Dreigeteilt? Niemals!"-Propaganda beinharter Vertriebenenideologie geriet. Unter der Überschrift „Deutsch, deutscher, Leobschütz" erschien dazu in STRIX IV/1967 ein kritischsatirischer Artikel Peter Frankes. Er wolle sich, so der Autor, in der Schule auf seinen künftigen Beruf vorbereiten und keine Zwangsverbundenheit mit den sogenannten deutschen Ostgebieten verordnet bekommen. Die Schrecken eines Krieges ließen sich im übrigen besser an Bildern napalm-verletzter Kinder demonstrieren als an der Nostalgie chauvinistischer Heimatvertriebener. Vietnam-Krieg und der Streit um eine neue, deutsche Ostpolitik, zentrale Konfliktpunkte der 1968er-Debatten, ergaben hier also eine explosive Mischung. Statt sich vom eigentlichen Skandal der Veranstaltung zu distanzieren, skandalisierte die Schulleitung kurzerhand Frankes Text als „Gästebeschimpfung", von der sich die Lehrerschaft gleich reihenweise gehorsamst distanzierte.

Dieser Lärm um Leobschütz zeigte beispielhaft, dass der frische Wind, der das in Restauration erstarrte Land durchlüftete, auch im alten Gemäuer des AGO heftigen Durchzug erzeugte, manchen Muff vertrieb, aber auch auf verbissene Gegenwehr stieß. Allein die Themen, die in den 4 Heften des Jahrgangs 1968 in der STRIX behandelt wurden, sprechen zeittypisch für sich: Plädoyer für das Wahlrecht ab 18; Verbindung von Sozialismus und Demokratie im „Prager Frühling"; eine Rechtfertigung der außerparlamentarischen Opposition; der Vietnam-Krieg; die Kosten des Wettrüstens; die Wahl Richard Nixons; Kritik des Nationalismus; Aufforderung zur Kriegsdienstverweigerung; Gründung der DKP; der Bildungsnotstand; Plädoyer für eine neue Ostpolitik; Demonstration gegen den amerikanischen Propagandafilm „Die grünen Teufel"; die Bonner Notstandsgesetze; etc. etc. Die Liste solcher, von der STRIX aufgegriffener, „relevanter" Themen lässt sich bis in die frühen siebziger Jahre beliebig verlängern.

Neben den allgemein politischen und speziell schulpolitischen Themen brachte die Zeitung Satiren, Glossen, Lyrik und Prosa, Buch- und Schallplattenrezensionen; die Unterstufe hatte eine eigene, oft mehrseitige Rubrik, der Schulsport wurde gewürdigt, und besonderer Beliebtheit erfreute sich die regelmäßige Stilblüten-sammlung „Bemerkenswert" (Kostprobe: „Und verständigen Sie bitte auch den Erdkundelehrer. Ach, das bin ich ja selbst! Dann brauchen Sie den nicht zu verständigen."). Die Redaktion empfand die STRIX übrigens nie als linksradikales Kampfblatt und hat kei-nen einzigen Beitrag aus ideologischen Gründen abgelehnt oder un-gedruckt gelassen. Auch eher konservative Strömungen innerhalb der Schülerschaft wie die beiden Verbindungen oder die extrem rechtslastige „Politische Arbeitsgemeinschaft" kamen ausführlich selbst zu Wort, wurden jedoch auch mit Kritik überzogen.

„Mehr Demokratie wagen" – die Kernaussage der Regierungs-erklärung Willy Brandts war das ungeschriebene Motto der Zei-tung, die damit weitgehend die politischen Überzeugungen der Schülerschaft spiegelte, über die genaue Zahlen vorliegen, weil es seit 1969 am AGO eine Arbeitsgemeinschaft für Demoskopie gab. Anfang 1970 ermittelte diese AG folgende Zahlen zu den partei-politischen Präferenzen der Schüler: SPD 47,3 %, FDP 23,0 %, CDU 8,8 %, DKP 1,3 %, NPD 1,0 % (der Rest der Befragten äu-ßerte sich indifferent oder enthielt sich). Die Schülerschaft stand also mit großer Mehrheit hinter der sozial-liberalen Koalition Brandt/Scheel. Besonders bemerkenswert ist neben dem dürftigen CDU-Ergebnis das schlechte Resultat der DKP: von kommunis-tischen Umtrieben oder Sympathien konnte demnach am AGO keine Rede sein, nicht einmal in der verbal immer radikalen, poli-tisch aber nie konsequenten STRIX, die 1969 mit der „Mailbox" ein Meinungs- und Diskussionsforum eröffnete, das auch gern von Lehrern benutzt wurde und in dem schulische, aber auch politische Themen kontrovers diskutiert wurden.

Die STRIX war also ausgewogen. So folgte beispielsweise dem Aufruf zur Kriegsdienstverweigerung im nächsten Heft eine ganz-seitige Anzeige der Bundeswehr nebst der sehr ausführlichen Stel-lungnahme eines Führungsoffiziers der Bundeswehr, der von der Redaktion gebeten wurde, das Horaz-Wort „Dulce et decorum est pro patria mori" zu interpretieren und dem dies auch sehr differen-ziert gelang. Mit dieser Debatte warf allerdings ein Ereignis seine

Schatten voraus, das die schwelende Polarisierung schließlich zur offenen Konfrontation trieb. Im Augustheft 1969 machte die STRIX nämlich unter der Überschrift „Nochmal Pro Patria Mori …" auf die unübersehbare Problematik des „Heldengedenkschreins" im Eingangsbereich der Schule aufmerksam, insbesondere auf das dort ausliegende Gedenkbuch mit seinen häufig genug nationalistischen und martialischen Tönen. Zwar kam eine Gemeinschaftskundegruppe unter Leitung des Lehrers Meino Janssen auf die konstruktive Idee, den gesamten Inhalt des Buchs im Unterricht zu analysieren – das vorhersehbare Ergebnis der Analyse lautete jedoch: Jede Menge idealistische Vaterlandsphraseologie nebst einigen unleugbar faschistoiden Formulierungen.

Trotz heftiger Diskussionen innerhalb und außerhalb der STRIX legte die Schulleitung starre Unnachgiebigkeit an den Tag, wollte von Schrein und Buch nicht lassen und zementierte damit, wohl aus Rücksichtnahme auf einflussreiche Interessen, jene verlogene Haltung, die eine kritisch-konstruktive Bewältigung der Vergangenheit mit „Heldengedenken" verwechselte und verwechseln wollte. Das Problem des anstößigen Buchs wurde 1970 gelöst, indem es aus der Vitrine verschwand. Anschließend wurde noch eine Weile gerätselt, verdächtigt und unterstellt, wer es entwendet haben könnte, aber vielleicht war im Endergebnis sogar die Schulleitung nicht ganz unglücklich, das leidige Thema damit endlich vom Tisch zu haben; aus den Köpfen war es freilich noch lange nicht.

Noch die banalsten Schulkonflikte spitzten sich in dieser Phase zu. Die Schulleitung zeigte sich durchweg wenig diskussions- und schon gar nicht kompromissbereit, sondern verschanzte sich hinter Hausrecht und Amtsautorität. Als die STRIX Form und Inhalte der traditionellen Abiturfeiern kritisierte und gegen „Chorgesang und Orgelklang" und auf Latein geschwungene Abschiedsreden eine satirische „Deutsche Abschiedsrede" setzte, appellierte die Zeitung zugleich ausdrücklich an die Schulleitung, die Entlassungsfeier *nicht* abzuschaffen, sondern eine zeitgemäße Form zu entwickeln. Die Schulleitung war aber längst nicht mehr bereit, wohl auch nicht mehr recht fähig, mit der kritischen Schülerschaft in konstruktive Dialoge zu treten, sondern griff mit offenbar rettungslos blank liegenden Nerven zur einfachsten und radikalsten Lösung: Sie strich die Abiturfeier ersatzlos – bemerkenswert deshalb, weil somit eine ehrwürdige Schultradition nicht reformiert, sondern *gegen* die ausgesprochenen Wünsche der Schülerschaft abgeschafft wurde.

Wagenburgmentalität machte sich breit. Als eine vom ASTA der Pädagogischen Hochschule (der Keimzelle der Oldenburger Universität) organisierte Demonstration gegen die Bonner Notstandsgesetze während der Unterrichtszeit den Schulhof des AGO erreichte, kam die Direktion nicht etwa auf die naheliegende Idee, die Gelegenheit zu lebendiger Gemeinschaftskunde zu nutzen und mit den Demonstranten zu diskutieren, sondern ließ sämtliche Ein- und Ausgänge versperren. Die Stegreifsprechchöre der Ausgesperrten erlangten unter den Gymnasiasten der Stadt bald eine gewisse Popularität: „Auf den Röster mit dem Köster!" und „Köster, mach den Käfig auf!"

Aber der Käfig blieb zu – und die Köpfe blieben im Sand. Zwar gab es, nicht nur unter den Referendaren und jüngeren Lehrern, durchaus liberale bis „linke" Haltungen im Lehrerkollegium, aber die Schulleitung navigierte die alte Fregatte AGO lieber mit harter Hand durch die Stürme der Revolte und ließ das Ruder scharf rechts liegen. Der Konflikt mit der munter aufsässigen STRIX erreichte seinen Höhepunkt im Mai 1970. Ein Artikel mit Foto, in dem es um die an Volksverhetzung grenzende Reaktion konservativer Presse auf die abgeschmackten Happenings Otto Muehls ging, wurde seitens der Direktion untersagt. Der STRIX „wurde nahegelegt, den Artikel und besonders das Foto nicht abzudrucken, da sonst ein Vertriebsverbot durch den Direktor unserer Schule wahrscheinlich sei" (redaktionelle Erklärung der STRIX). Damit war nun ein krasser Fall von Zensur, zumindest der Unterdrückung freier Meinungsäußerung gegeben. Die findige Redaktion druckte den inkriminierten Artikel als loses Blatt, das zusammen mit der STRIX außerhalb des Schulgrundstücks und damit außerhalb des Machtbereichs der Direktion reißenden Absatz fand. Die eigentliche Ironie der Geschichte bestand natürlich darin, dass ausgerechnet die Direktion der STRIX damit außerschulische Aufmerksamkeit und Öffentlichkeit zutrieb, die man sonst unter allen Umständen zu umgehen und auszuschließen suchte.

In jenen wilden Jahren wagten Schüler des AGO also durchaus mehr Demokratie – die Direktion versagte sie ihnen, wo immer sie konnte. So nimmt es nicht wunder, wenn sich 1969 in der STRIX ein Abiturient mit blankem Zynismus von seiner Anstalt verabschiedete: Da man ihm die Reife nun auch amtlich bescheinigt habe, sehe er es als seine „moralische Pflicht an, Selbstkritik zu üben. Deshalb bekenne ich erstens: ich habe kritisiert, polemisiert, nestbeschmutzt, Autoritäten in den Schmutz meines Spottes gezogen, auf Reaktion gehofft (...) und durch meine lehrkraftzersetzenden Äußerungen den Lehr- zum Leerkörper gemacht; und gelobe zwotens: Besserung, dass mir alles Diesbezügliche fürderhin egal sein wird, da ich jetzt die Schule hinter mir weiß (...)"

„So'n Keerl, de't nich lassen kann"
Hein Bredendiek und sein Lebensbericht

er Steg aus groben Pfählen und Bohlen ist halb ein-
gestürzt, halb vermodert, und die unteren Teile seiner
primitiven Architektur lassen sich schon nicht mehr von
den wild wuchernden Gräsern und Binsen der sumpfigen Bachufer
unterscheiden, in die der Steg unmerklich langsam versinkt. Das
graublaue, brackige Wasser des Bachs verschwimmt in jener
Schwebe, in der sich nicht mehr unterscheiden lässt, ob es noch ein
Fließen oder bereits der Stillstand ist, und selbst der tiefe Himmel
Norddeutschlands scheint sich nicht entscheiden zu können, ob er
Regen ausschütten oder sich aufheitern soll.

Schlicht graugrün gerahmt, hängt dies Aquarell Hein Bredendieks in meiner Wohnung. Das Blatt von 1994 gehört zu seinem
Spätwerk, das von Architekturbildern und vor allem Landschaften
geprägt ist, in denen, wie es jetzt in seinem Lebensbericht heißt, „das
Morbide und Verfallende auch in einer Art der Anklage dargestellt
wurde". Die handfeste Kontur löst sich, das Balkenwerk der alten
Brücke wird sukzessive wieder zum Humus, aus dem Bäume sprie-
ßen werden, die Baumaterial für Brücken abgeben. Das sieht nicht
nach Anklage aus, klingt eher nach altersweiser Übereinstimmung
mit dem unvermeidlichen Lauf der Dinge.

Wenn man das Motiv aber als Aussage des Künstlers in eigener
Sache interpretieren will, mag diese irgendwo in flacher Weite ver-
gessene Brücke als Ausdruck von Resignation, zumindest aber von
Trauer gelesen werden. Denn Hein Bredendiek war, im übertrage-
nen Sinn, Zeit seines Lebens ein Brückenbauer und Vermittler. Als

Literat und bildender Künstler hat er Brücken zwischen Wort und Bild geschlagen; er hat darüber hinaus mit seinen plattdeutschen Bildbetrachtungen ein Genre geschaffen, in dem die Vorstellungen einer am humanistischen Bildungsideal orientierten Kunstgeschichte eine überaus originelle und volkstümliche Symbiose mit einer Sprache und Anschauungsweise eingehen, die so aus dem Schnabel kommen, wie er in Bredendieks norddeutscher Heimat gewachsen ist; und schließlich hat er als Kunstpädagoge seinen Schülern Brücken gebaut, die aus der sachlichen Prosa des Lernens in poetische Bereiche jenes Erwachsenenspiels führten, das man Kunst nennt. Vielleicht gründet die Melancholie „meines" Brückenbilds darin, dass Brückenbauer wie er immer seltener werden. Vielleicht lese ich all das auch nur in das Bild hinein, weil *ich* weiß, dass er einer der letzten war, die aus diesem Holz geschnitzt sind.

*

Geboren ist Hein Bredendiek 1906 in Jever. Die kleine, idyllische Residenzstadt wird ihm im Lauf seines Lebens zum Inbegriff von Heimat werden, aber auch zu einer Art vertrautem Basislager und Refugium, in das der Vielgereiste immer wieder, aber nicht immer aus Neigung, zurückkehrt. Als Gymnasiast macht Bredendiek 1919 die Bekanntschaft des Dichters und Malers Georg von der Vring, der am Mariengymnasium sein Zeichenlehrer wird. Aus dem Lehrer wird bald der Mentor, in dessen Existenz Bredendieks eigene Entwicklung vorgezeichnet liegt.

Von 1926 bis 1930 studiert er Kunstpädagogik an der Hochschule für Bildende Künste in Berlin – seinerzeit nicht nur das politische, sondern unbestritten auch das kulturelle Zentrum Deutschlands. Bredendiek begeistert sich für die Impressionisten, treibt unter dem Eindruck Alfred Kubins und Max Slevogts Studien zur Buchillustration, erlebt in kurzen Begegnungen Max Liebermann, Ernst Barlach und Käthe Kollwitz, besucht die großen Ausstellungen Matisses, Cézannes und van Goghs, hört Wilhelm Furtwängler als Dirigenten, sieht die Inszenierung der Erstaufführ-

rung von Brecht/Weills „Dreigroschenoper" im Theater am Schiff-
bauerdamm.

1930 legt er das Examen fürs künstlerische Lehramt an Höheren
Schulen ab und ist bis 1932 als Referendar in Altona und Plön tätig, wo er den Komponisten Paul Hindemith kennenlernt. In seine
anschließende Assesorenzeit in Bad Sachsa und Flensburg (1933-
1935) fällt die „Machtergreifung" der NSDAP.

Dem faschistischen Regime steht er offenbar eher skeptisch gegenüber; nennenswerte Widerstände bringt er allerdings nicht auf,
sondern fügt sich, wie die überwiegende Mehrheit der Deutschen,
ins als unvermeidbar empfundene Unheil, passt sich stillschweigend
an und sucht einen Weg „abseits von parteipolitisch enger Ideolo-
gie". Zum SA-Dienst wird er von seinem Direktor zwangsverpflichtet, der NSDAP tritt er im Mai 33 bei – mit der (allerdings
etwas merkwürdigen) Begründung, seine „Existenz finanziell zu
sichern und die Darlehensschulden abzutragen". Als er sich 1935
auf eine Dozentur nach Cottbus bewirbt, muss er beim zuständigen Referenten Dr. Heinrich Schwarz vorsprechen, „der
mich auf seine Art durchleuchtete und nach einem jüngst erschiene-
nen Buch über neuzeitliche Kunsterziehung fragte." Was hier mit
„seine Art" gemeint und was unter „neuzeitlicher Kunsterziehung"
zu verstehen war – Hein Bredendiek wusste es damals wohl sehr
genau, und wir wissen es heute auch. Es stimmt gleichwohl nachdenklich, wenn die ästhetisch verheerende, ideologisch barbarische
Kunstpolitik des Nationalsozialismus, die Bredendiek gewiss nicht
begrüßte, sondern eher kopfschüttelnd zu ignorieren versuchte, unter der er aber doch auch gelitten haben muss, mit kaum einer Silbe
problematisiert wird. Es geht hier nicht um Schuld oder Unschuld,
Anpassung oder Widerstand. Es geht darum, dass gerade ein geistig
immer noch hellwacher und integrer Zeitzeuge wie Bredendiek, der
allein schon kraft seines biblischen Alters in Regionen ragt, die jenseits von Gut und Böse angesiedelt sind, dazu aufgerufen wäre, uns
Heutigen rückhaltlos Rechenschaft über das Innenleben jenes
Wahnsystems zu geben, das zu begreifen immer noch schwierig, das
nachzuvollziehen immer noch unmöglich ist.

In diesen zwielichtigen Zusammenhängen verweist Bredendiek mehrfach auf seine durchaus beeindruckende Novelle *Gang na güstern*, mit der er 1981 einen Versuch vorlegte, im literarischen Rollenspiel „Vergangenheitsbewältigung" zu betreiben. Der Lebensbericht gibt sich in dieser Hinsicht aber durchaus maulfaul. Nun bleibt allerdings die lakonische Zugeknöpftheit in eigener Sache, die zwischen dezenter Verschwiegenheit und unprätentiöser Bescheidenheit osziliert, nicht nur jener dunklen Epoche vorbehalten, sondern bildet über weite Strecken ein Charakteristikum des gesamten Berichts. Die imposante Leinwand dieses inzwischen 92 Jahre währenden Lebens wird nur gelegentlich in Details und Nuancen ausgemalt; öfter neigt Bredendiek zur groben Skizze in einer unterkühlten, fast ausgeglüht-kargen Sachlichkeit, und manche Flecken bleiben dabei auch weiß.

„... es ist ein wunderlich Ding, so eine summa summarum seines Lebens zu ziehen. Wie wenig Spur bleibt doch von einer Existenz zurück!" Dies Goethewort ist dem Text als Motto vorangestellt, aber es steht in einem merkwürdigen Kontrast zu den ersten, schönen Zeilen des Buchs: „Wenn der Lebensbogen sich senkt und der Kreis sich schließen will, wächst die Kraft der Erinnerung und der Rückschau auf ein gelebtes Leben ..." Denn wenn die Kraft zu Erinnerung und Rückschau tatsächlich wächst, kann es sich bei jenen flüchtigen Skizzen und weißen Flecken kaum um „Erinnerungslücken" handeln, sondern um bewusst gesetzte Leerstellen.

Von großer Vitalität und literarischer Dichte ist Bredendieks Bericht stets dann, wenn er anekdotische Vorkommnisse zu kleinen, wie im Zeitraffer ablaufenden Bildbündeln schnürt. Das gelingt ihm besonders bei der Schilderung seiner Kindheit, in die auch das Erlebnis des 1. Weltkriegs als fernes, unverstandenes Schauspiel dringt; es gelingt, wenn er von den Jahren des Behelfs und Ersatzes nach dem 2. Weltkrieg erzählt, und manchmal kommt es zu wahrhaft poetischen Momentaufnahmen wie dieser, als Bredendiek Anfang 1947 vom Tod seines Vaters Nachricht erhält: „Ich packte Kartoffeln in den Rucksack und etwas Brot und reiste zur Feierabendzeit nach Jever. Ein dunkler Zug mit zerschlagenen Fensterscheiben fuhr in die kalte Winternacht hinaus. Sitzplätze gab es nur für Werktätige. So stand ich in dem dunklen Schweigen und kam nach Jever ..." Und es gelingt vorzüglich im Schlusskapitel, einer Art Selbstporträt des Künstlers im „Gehäuse", eine Beschreibung des Ateliers und der Bredendiek umgebenden Dinge nämlich: Hier wird die geistige Physiognomie „van so'n Keerl, de't nich laten kann" vexatorisch aus der Dingwelt geformt, in der er arbeitet.

Lebendig sind auch Schilderungen der Begegnungen, die er mit Karl Jaspers oder dem Expressionisten Erich Heckel hatte. Allerdings fällt auf, dass weder bei solchen noch anderen Gelegenheiten ein kunsttheoretisches und kaum einmal ein kunsthistorisches Problematisieren erfolgt. Mag sein, dass Bredendiek aufs Bildungsniveau seines Publikums vertraut; mag sein, dass ihm alles Theoretisieren unwichtig erscheint gegenüber der reinen Oberflächenpräsenz der Dinge und Menschen; mag sein, dass das ihm Problematische in literarischer und bildnerischer Gebrochenheit in sein Werk eingegangen ist. Gleichwohl führt diese Methode gelegentlich zu Banalitäten statt zu Auseinandersetzungen mit Werten und Werken. Über den großen Max Liebermann heißt es beispielsweise schlicht: „,Der hat die schönste Wohnung von Berlin, neben dem Langhansschen herrlichen Torbau am Rande des Tiergarten', sagte ich mir ..." Kein Wort über Liebermanns Werk, keins über ästhetische Fragen, die den jungen Kunststudenten Bredendiek in der anregenden Berliner Atmosphäre mit Sicherheit bewegt haben. Symptomatisch für viele, offenbar beabsichtigte Flüchtigkeiten, steht auch seine Darstellung der Aktivitäten der Fichte-Hochschulgemeinde, der er angehörte: „Sie traf sich in einem Atelier Unter den Linden, wo Gespräche geführt ... wurden." Ja, was denn für Gespräche? fragt sich der Leser. Worum ging es eigentlich?

Nach Dozenturen in Cottbus und Frankfurt/Oder meldet Bredendiek sich 1940 zur Kriegsmarine und verbringt die Kriegszeit in Brügge, auf dem Marinestützpunkt La Rochelle und schließlich in Breslau. Von 1945 bis 1949 ist er als Dozent an der Pädagogischen Hochschule in Oldenburg in der Lehrerausbildung tätig. Anschließend geht er als Kunstpädagoge ans Mariengymnasium in

Jever zurück. In die frühen fünfziger Jahre fallen auch seine ersten, schriftstellerischen Arbeiten in plattdeutscher Sprache, die sich, gedruckt oder als Arbeiten für den Hörfunk, dann sukzessive zu einem beachtlichen Werk ausgewachsen haben. Von 1954 bis zu seiner Pensionierung 1972, inzwischen Studiendirektor, unterrichtet er Kunst an Oldenburger Gymnasien: zuerst an der Hindenburg-Schule (heute: Herbart-Gymnasium), später am Alten Gymnasium.

*

Dort habe ich ihn kennengelernt. Und das war so: Über das leicht düstere Treppenhaus ging es aufwärts bis zur Mansarde, wo sich hinter einer unscheinbaren Tür der (natürlich von *ihm* so getaufte) „Olymp" auftat, der Zeichensaal des Alten Gymnasiums: Ein langgestreckter Raum, dessen Wände den Dachschrägen angepasst waren; hier standen keine engen Pulte wie in den Klassenzimmern, sondern Tische, von Farbresten und -klecksen gesprenkelt, und über diese verheißungsvollen Muster des Zufalls floss das Licht von beiden Seiten durch Gaubenfenster, deren Sprossen symmetrische Schattenrisse auf die dunklen, von Generationen abgetretenen Fußbodendielen legten. Unter den Fenstern große Waschbecken aus Steingut; Regale, darauf reihenweise diverse Pinsel in Gläsern; die Wandflächen bedeckt mit bunten Tuschbildern, Feder- und Bleistiftzeichnungen.

Und während wir Sextaner noch lärmend staunten, dass hoch über der strengen Sachlichkeit der Schule, die uns nun (mindestens) neun Jahre lang umschließen würde, sich ein solch fast romantisches Ambiente bot, öffnete sich am hinteren Ende des Saals eine Tür – und der unumschränkte Herrscher des Olymps erschien: Groß, schlank, schwarzer Anzug, aber keine Krawatte über dem weißen Hemd, die grau gesträhnten, dichten, vollen, kaum zu bändigenden Haare kurz geschnitten und streng zurückgebürstet, als ob hier im Schulalltag eine kreative Energie zur Fasson gebracht werden müsse, die jederzeit ausbrechen konnte.

91

Die imposante Erscheinung stemmte die Arme in die Hüften und brüllte mit nahezu militärischer Entschlossenheit: „Was is'n das für 'ne wüste Wuhling hier?!"

Dass dieser bemerkenswert durchdringende Ton ein Produkt seiner Referendariatszeit in Plön war, habe ich jetzt seinem Lebensbericht entnommen. Wer, heißt es da, in diesem Internat „ohne rechte Kommandostimme war, galt als verloren und konnte das Feld räumen."

Wir jedenfalls schraken zusammen. Noch so ein derber Pauker? Aber nein. Jetzt lachte er und hieß uns mit jener dröhnenden Jovialität willkommen, die wir bald sehr zu schätzen – und manchmal zu fürchten lernten, weil man nie ganz sicher sein konnte, wo genau die Linie verlief, die das Großzügigste *laissez faire* dieses Mannes trennte vom unvermittelten Wutausbruch über das Barbarentum undisziplinierter, rotznäsiger Schülerhaufen, die noch den kleinsten Funken Inspiration zunichte machen konnten.

So also habe ich als Sextaner 1962 Hein Bredendiek kennengelernt, und dieser erste Eindruck wird mir stets der eindringlichste bleiben, auch wenn in den kommenden Jahren bis zum Abitur viele weitere folgten, die dem Bild vom Künstler, der unter die Pädagogen gefallen war, immer neue Nuancen und Details anfügten. Er war und ist zweifellos in erster Linie Künstler und Schriftsteller; er war ein Original, wenn er mit dem breitkrempigen Hut durch die Schulflure daherkam, die unvermeidliche Zigarre paffte (Rauchen war im Schulgebäude verboten, aber für Hein Bredendiek galten andere Gesetze) und eine Spur herrlichen Tabakaromas hinter sich herzog; und er war ein ganz hervorragender Kunstpädagoge: Denn er konnte seine Schüler für die Kunst begeistern, weil er selbst begeistert war; Liebe zur künstlerischen Sache konnte er glaubhaft vermitteln, weil er die Sache selber liebte und betrieb; er nahm unsere kindlichen Malversuche ernst, sprach mit uns darüber, als spräche er mit arrivierten Kollegen; und er hatte und hat, wie jeder weiß, der ihn kennt, Humor und die seltene Fähigkeit zur Selbstironie.

Unter den Lehrern, die dazu beigetragen haben, dass ich *kein* Lehrer wurde (was eigentlich meine Absicht war), sondern

Schriftsteller, hat er den größten Einfluss auf mich ausgeübt. Er hat mir und vielen anderen Fenster aufgestoßen, die sonst vielleicht für immer verschlossen geblieben wären.

*

In Anlehnung an das Wort seines großen Vorbilds und Mentors von der Vring bezeichnet Bredendiek die Zweifachbegabung, die janusköpfige Doppelexistenz als Maler und Literat, als „Doppelflinte", doch war in seinem (wie übrigens auch von der Vrings) Fall die Flinte dreiläufig, weil die Kunstpädagogik hinzu kam – nolens volens vielleicht und wohl gelegentlich als nicht sonderlich geliebter Brotberuf, und dennoch mit Nachdruck, Passion und Wirkung ausgeübt. In welcher dieser drei Begabungen und Tätigkeiten Bredendieks größte Leistungen zu suchen sind, vermag ich nicht zu entscheiden. Stark gewirkt hat er – und wirkt noch und wirkt nach – jedenfalls auf allen drei Feldern.

Und so ist es am Ende wohl ein Goethewort, das auch im Hinblick auf eine kritische Auseinandersetzung mit Hein Bredendieks Lebensbericht *summa summarum* der Weisheit letzten Schluss macht: „Alles, was eine große Wirkung getan hat, kann eigentlich gar nicht mehr beurteilt werden."

Gestrandet in Schlicktown

ie beiden Freunde, mit denen ich vor 20 Jahren einmal und nie wieder auf Segeltörn gegangen bin, heißen nicht Hein und Pit, aber ich nenne sie so, weil sie es mir sonst übel nehmen könnten, wenn ich hier die gesammelten Peinlichkeiten unseres erbärmlichen Abenteuers zur See ausplaudere.

Hein wohnte bei mir in der Nachbarschaft, stammte aber ursprünglich aus Wilhelmshaven; nach einer Lehre als Schiffselektriker hatte er der Stadt früh den Rücken gekehrt, an die er offenbar ungute Erinnerungen hatte. Wenn es sich nicht vermeiden ließ, sprach er den Namen wie Wümmshawn aus oder redete abschätzig von Schlicktown. Diese düstere, nie völlig aufgeklärte Aversion gegen seine Heimatstadt muss vorab erwähnt sein, weil sonst Heins Verhalten als unser Skipper noch bizarrer erscheinen würde als es damals sowieso schon war.

Hein war ein begnadeter Selfmademan, ein Genie des Eigenbaus, der ohne fremde Hilfe ganze Häuser hochzog und sich sogar ein eigenes Schiff gebaut hatte. Es lag in Varelerhafen, der damals noch nicht zu jenem „Geheimtipp" verunstaltet war, den Küstentouristen heutzutage als „urig" empfinden. Unter „selbstgebaut" stellte ich mir eine fragile Nussschale vor und traute meinen Augen nicht, als sich Heins Schiff als stolze Zehn-Meter-Yacht namens Niro entpuppte. Der Name kam mir spanisch vor, war jedoch die Abkürzung für Nirosta, weil die Niro aus Stahl war. Zehn Meter! Stahl! Selbstgebaut! Ich war fassungslos, aber Hein meinte, die Elektrik habe er ja mal in Schlicktown gelernt, und den Rest habe er einfach nach Bauplan ausgeführt. Die Jungfernfahrt habe er übrigens nach Lanzarote gemacht. Lanzarote? Ich hatte mich wohl verhört. War das nicht schon allerhöchste Hochsee? Mein Respekt vor Hein wuchs. Als er mir vorschlug, demnächst mit ihm einen Törn nach Helgoland zu unternehmen, zögerte ich allerdings, weil meine nautischen Erfahrungen sich darauf beschränkten, per Luftmatratze auf der Thülsfelder Talsperre und per Tretboot auf der Oldenburger Mühlenhunte unterwegs gewesen zu sein. Andererseits konnte eigentlich nichts schief gehen mit einem Skipper, der mit jeder Schweißnaht und jedem Schräubchen an Bord sozusagen auf du und du stand und die Niro heil nach Lanzarote und wieder zurück nach Varelerhafen gebracht hatte. Ich könne, meinte Hein schmunzelnd, ja den Smutje machen.

Als dritten Mann heuerte Hein unseren gemeinsamen Freund Pit an, der sofort Feuer und Flamme, um nicht zu sagen: Welle und Brandung war. Pit hielt sich für nautisch qualifiziert, weil er erstens aus Hamburg kam, womit ihm eine gewisse Seetüchtigkeit schon in die Wiege gelegt worden war; zweitens hatte sein Vater als U-Boot-Fahrer den Krieg überlebt; drittens hatte er mit einer geliehenen Optimistenjolle mehrfach die Hamburger Außenalster befahren; und viertens konnte er täuschend echt die Stimme von Hans Albers nachmachen – sein Paradesatz stammte aus dem Film *Große Freiheit Nr. 7* und lautete: „Üch bün 'n Wrrrack." Das, befand Hein, reichte. Bis Helgoland allemal.

Im Morgengrauen eines stillen Septembertags gingen wir an Bord. Das heißt, Hein und Pit gingen, während ich über eine Taurolle stolperte und dabei den Proviantkarton, für den ich als Smutje zuständig war, ins trübe Wasser von Varelerhafen fallen ließ. Um Ersatz zu besorgen, war es zu spät, weil wir pünktlich zur Öffnungszeit am Sieltor sein mussten, um in den Jadebusen auslaufen zu können. Nachdem Hein und Pit mich ausgiebig beschimpft hatten, beschlossen wir, bis Hooksiel zu fahren und dort neuen Proviant zu bunkern. Wir machten die Leinen los, und Hein warf den Motor an, der durchaus vertrauenserweckend vor sich hin dieselte. Ob wir denn nicht das Segel aufziehen sollten?, erkundigte ich mich und erntete gutmütiges Gelächter. Segeln, erklärte Hein, könne man erst ab Wümmshawn. Bis dahin gehe es durchs Jadefahrwasser per Motor. Das war eine gewisse Erleichterung, da ich nicht die geringste Ahnung hatte, wie das Segel zu setzen wäre – aber das sollte ja ohnehin die Aufgabe des jollenerprobten Pit sein.

Als wir das Sieltor passierten, der Wärter uns leutselig zuwinkte, die Niro gutmütig nordwärts tuckerte, die Luft nach Salz schmeckte und der Wind mächtig auffrischte, überkam mich ein Gefühl, als hätte ich soeben Kap Horn umrundet. Hein, der am Steuer stand, blickte jedoch skeptisch zum Himmel. Der Seewetterbericht, knurrte er, hätte Südwestwind der Stärken 3 bis 4 angekündigt, aber wir hätten es jetzt mit Nordwestwind zu tun, der draußen auf der Nordsee vermutlich 5 bis 6 erreichen würde.

„Kreuzen wir halt gegen den Wind", sagte der Alsterwassersegler Pit draufgängerisch.

„Dann kommen wir aber erst übermorgen in Helgoland an", sagte Hein.

Und ich dachte: Ach, du Scheiße.

Linkerhand, Pit sagte wichtigtuerisch „backbord", kamen langsam die Industrieanlagen von Wilhelmshaven in Sicht. Hein blickte mit zusammengekniffenen Augen demonstrativ nach vorn, sagte: „Scheißschlicktown" und hielt die Niro so weit wie möglich rechts, „steuerbord", fachsimpelte Pit, im breiter werdenden Fahrwasser. Eine halbe Stunde später näherten wir uns dem Außenhafen von Hooksiel und damit unserem wohlverdienten Frühstück. Unsere Vorfreude bekam allerdings einen schweren Dämpfer, als Hein plötzlich meinte, der Motor laufe irgendwie „unrund", Pit mit der Anweisung, weiter Kurs Nord zu halten, das Steuer überließ und nach unten ging. Pit und ich konnten nichts Unrundes hören; der Motor tuckerte so gleichmäßig vor sich hin, wie er es von Anfang an getan hatte. Nun ja, wir waren blutige Laien, „dreggige Londrodden", wie Pit es mit Hans Albers formulierte.

Als Hein mit ölverschmierten Händen zurück an Deck kam, sah er so finster aus, als hätte er jahrelange Zwangsarbeit in Wümmshavn hinter sich. „Irgendwas mit den Kolben", murmelte er unklar, „hört sich gar nicht gut an, muss schleunigst repariert werden."

„Wenn du den Kahn selbst gebaut hast, musst du ihn doch auch reparieren können", sagte ich.

Hein nickte. „Kann ich auch. Aber nicht hier mitten in der Fahrrinne. Wir müssen anlegen."

„Wir sind ja auch schon fast in Hooksiel", sagte Pit.

Hein schüttelte den Kopf. „Ich brauche vielleicht Ersatzteile. Die krieg ich nicht in Hooksiel. Wir müssen zurück nach", er verzog schmerzverzerrt das Gesicht, machte eine Pause und spuckte das Wort schließlich so angeekelt aus, als hätte er einen Eimer Wattwürmer verschluckt, „Wümmshawn."

Im für mich als Landratte undurchsichtigen Gewirr der Hafeneinfahrten, Anleger und Piers von Wilhelmshaven schien Hein sich gut auszukennen und brachte die Niro routiniert an einen Kai.

„Erstmal frühstücken", sagte Pit.

„Ist eh schon Mittag", sagte ich.

„Wenn's sein muss", sagte Hein unwirsch, führte uns aber am Südstrand hinter der Kaiser-Wilhelm-Brücke in ein Lokal. „Scheißladen", sagte er, „aber was soll's?"

Wir aßen „Scholle satt", selbst Hein schien es zu schmecken, tranken ein paar Bierchen dazu und kehrten zur Niro zurück. Hein machte sich daran, das angeblich Unrunde des Diesels wieder rund zu biegen.

„Können wir helfen?", fragte ich rhetorisch.

„Bloß nicht", sagte Hein und verschwand mit einem Werkzeugkoffer im Maschinenraum.

Pit und ich besorgten an einem Kiosk mehr Bier, setzten uns ins Cockpit der Niro und fanden eigentlich alles ganz gemütlich, während wir von unten Hein vor sich hin fluchen hörten. „Schlicktown", schimpfte er, „das Drecksnest lässt mich einfach nicht los." Ich weiß nicht mehr, wie lange er herumschraubte, aber als er wieder an Deck kam, dämmerte es bereits.

„Und?" fragte ich, „alles wieder rund?"

Hein erklärte, den Schaden provisorisch immerhin soweit behoben zu haben, dass wir sicher bis Varelerhafen zurückkämen. Dort würde er dann „den ganzen Scheißdiesel" auseinander nehmen. Da wir aber heute nicht mehr durchs Sieltor kämen, müssten wir an Ort und Stelle übernachten. Wir gingen wieder ins Scholle-satt-Lokal, spielten nach dem Essen Skat und tranken rundenweise Lütt un' Lütt dazu, was unsere Moral deutlich hob. Selbst Hein war bester

97

Laune, als wir schließlich in die Kojen der Niro krochen. Aber kurz bevor ich einschlief, hörte ich ihn plötzlich flüstern: „Scheißschlicktown. Ich hätte es wissen müssen."

Am nächsten Mittag machte die Niro wieder in Varelerhafen fest. Hein, Pit und ich haben nie wieder über diesen verkorksten Törn gesprochen. Wochen später ist mir jedoch der Verdacht gekommen, dass am Diesel der Niro alles in bester Ordnung gewesen ist und Hein das angeblich Unrunde nur vorgeschoben hat, als ihm dämmerte, dass er mit zwei dreggigen Londrodden wie Pit und mir als Besatzung nie und nimmer bis Helgoland gekommen wäre.

Christkind oder Weihnachtsmann?

Meine Mutter, die aus Westfalen kam, war katholisch; mein Vater entstammte einer Familie, die seit Anfang des 18. Jahrhunderts in Oldenburg lebte, und war also (und gewissermaßen selbstverständlich) evangelisch. Die Verbindung galt der katholischen Kirche, so der offizielle und schwer bedenkliche Begriff, als Mischehe, eine höchst suspekte Angelegenheit mithin, der nur unter der Bedingung kirchlicher Segen zu erteilen gewesen war, dass die Kinder im allein seligmachenden, katholischen Glauben erzogen werden würden. Das um so mehr, als die Stadt katholische Diaspora ist und war. Und Diaspora hieß, dass unser aufrechtes Häuflein rechtgläubiger Katholiken hier von Ungläubigen umzingelt war, Märtyrer unter lauter Ketzern und Heiden – soweit jedenfalls das Dogma. In der Praxis sah die Sache anders aus. Die Grenzen waren fließend, und gerade uns Kindern, die wir Mischehen entsprungen waren, geriet gelegentlich die Konfessionsfrage in einem Akt unbewusster Ketzerei aufs Erfreulichste durcheinander. Als ich einmal mit blutender Nase, zerkratztem Gesicht und zerrissener Hose nach Haus kam, antwortete ich auf die obligatorische Frage meiner Mutter, was ich denn nun wieder angestellt hätte, mit stolzgeschwellter Brust: Heut hamwer die Kattolieken verprügelt.

Es herrschten also, wie dies quasi ökumenische Missverständnis beweist, glücklicherweise keine nordirischen Zustände. Doch kam es auch und besonders zur Weihnachtszeit zu Verwirrungen der weltlichen und geistlichen Gefühle, insofern dann nämlich das wackere Fähnlein der Katholiken vom Christkind beschert wurde, während die sogenannten Evangelen ihre Geschenke vom Weihnachtsmann bekamen. In der Lesart meiner Kinderstube hatte man sich das Christkind als eine Mischung aus frisch geborenem Jesus und putzigem Puttenengelchen vorzustellen; ein irgendwie „voll" heiliges, zugleich aber auch neckisch-possierliches Wesen, das am 24. Dezember durch die Lüfte schwirrte, durch Schlüssellöcher und Türspalten in die Zimmer vordrang, dort die – wie auch immer transportierten – Geschenke deponierte, die Kerzen am Weihnachtsbaum entzündete, ein Glöckchen klingen ließ und verschwunden war, wenn wir endlich das Weihnachtszimmer betreten durften. Demgegenüber trat der protestantische Weihnachtsmann gelegentlich leibhaftig in Erscheinung, jedenfalls bei einigen meiner Freunde von der lutherischen Fraktion: Rotgewandet, rauschebärtig, sackbewehrt und hin und wieder sogar furcherregend rutenschwenkend. Manchmal kam er per fliegendem Schlitten, wahlweise mit oder ohne Rentiere, manchmal auch zu Fuß „von drauß vom Walde". Zu unlösbaren Konfessionskonflikten führte übrigens die wiederum überwiegend katholische Konkurrenzfigur zum Weihnachtsmann, der Nikolaus nämlich, insofern die Unterschiede zwischen ihm und dem Weihnachtsmann höchstens darin bestanden, dass der Nikolaus nicht zwangsläufig in roter Kutte aufzutreten hatte, keine Zipfelmütze trug, sondern einen Tiara genannten Kaffeewärmer mit aufgenähtem Kreuz, eine Art Ersatz-Heiligenschein, und bereits drei Wochen vor Weihnachten seine Runden drehte.

Zu jenen nun auch schon weit entfernten Zeiten, die uns immer wie gestern erst vorkommen, da meine Töchter Miriam und Laura noch heißgläubig im Banne solch märchenhafter Weihnachtsriten standen, hatten sich in unserem Haus die Sitten völlig verwirrt, was aber der Weihnachtsstimmung nie Abbruch tat. Die Sache war nämlich die, dass meine Frau die Weihnachtsformalitäten aus ihrer Heimat USA insofern importiert hatte, als dass der Heilige Abend nunmehr Christmas Eve hieß und Strümpfe an den Kamin gehängt wurden. Nachts reiste dann Santa Claus per fliegendem Rentierschlitten vom Nordpol an, kroch irgendwie durch den Schornstein ins Haus und füllte die Strümpfe mit allerlei Schnickschnack. Die eigentliche Bescherung fand am Ersten Weihnachtstag nach dem Frühstück statt. Und so machen wir's immer noch (weshalb das

Weihnachtsfrühstück stets in Rekordgeschwindigkeit über die Bühne geht).

Um derlei heidnisches Brauchtum zumindest notdürftig auszugleichen, verbrachten wir den Heiligabend bei Miriams und Lauras Oma, die mit der entschiedenen Bodenständigkeit ihres westfälischen Katholizismus wiederum das Christkind wirken und walten ließ und auch unbeugsamen Wert darauf legte, dass vor dem Öffnen der Geschenke die Weihnachtsgeschichte des Lukas-Evangeliums vorgelesen wurde (in der allerdings zum Verdruss der Mädchen nie die Heiligen Drei Könige vorkamen) und allerlei einschlägiges Liedgut abgesungen werden musste.

Doch in die Christmette ging Oma dann lieber allein: Die Mädchen konnten nicht so lange aufbleiben, und ihr Sohn war längst schon vom rechten Glauben abgefallen. Und was sollte sie schließlich in dieser Hinsicht von einer Schwiegertochter aus – ausgerechnet – Amerika erwarten, jenem Land, in dem Mormonen, Adventisten, Baptisten, Wiedertäufer und neuerdings sogar hysterische Fernsehchristen umgingen und überhaupt das abenteuerlichste Sektenwesen blühte? Nein, da entließ uns Miriams und Lauras Oma in die selbstgebastelte Zügellosigkeit unserer deutsch-amerikanischen Weihnachtsrituale, betete lieber im Stillen für das Seelenheil ihrer armen, ungetauften Enkelkinder und dachte vielleicht auch schmerzlich-entsagungsvoll daran, dass ihr sauberer Herr Sohn seinerzeit als Ministrant eine wirklich tadellose Figur abgegeben hatte.

Das stimmt! Als Kind und noch bis weit in die Wirrnisse meiner Pubertät hinein war ich so fromm, wie es von mir erwartet wurde. Ich betete inbrünstig um alles Mögliche und Unmögliche und trug dem Lieben Gott sogar diverse Tauschgeschäfte an: Wenn – beispielsweise – die morgige Mathearbeit zumindest mit einer Vier schadlos an mir vorübergeht, dann stelle ich in der Kirche eine Kerze auf. Aber solche Aktivitäten auf dem Schwarzen Markt des Glaubens schlugen fast immer fehl. Der Liebe Gott ließ statt der erhofften Vier wieder mal eine Fünf gerade sein, und zur Strafe ersparte ich mir die Kerze. Oder war es umgekehrt? Auch ging ich regelmäßig zur Beichte, bevorzugt beim schwerhörigen Dechanten, dessen gnädig-seniles Desinteresse an allen Sünden lediglich bei Verstößen gegen den Paragraphen „Schamhaftigkeit und Keuschheit" in detailversessene Neugier umschlug. Absolution gab es aber immer, und das Strafmaß, die Menge der abzuleistenden Bußgebete also, war zumeist gering. Außerdem genoss ich als Messdiener und damit als Handlanger der Priesterschaft ja eine gewisse Immunität und war zudem überzeugt, dass mein hingebungsvolles Hantieren mit Weihrauch und Messwein, Weihwasser, Hostien und Glöckchen, das rappelnde Aufsagen der Stufengebete und besonders die gelegentliche Bereitschaft, schon zu nachtschlafender Zeit der Frühmesse zum gottgefälligen Dienen anzutreten, mir im himmlischen Haushaltsbuch auf der Habenseite gutgeschrieben wurden. Zu Offenbarungen, die ich mir dringend wünschte und herbeizubeten versuchte, kam es freilich nie. Ich sah bei der Wandlung keine Engel fliegen, und wenn man probeweise auf die Hostie biss, war dort auch keineswegs, wie behauptet, der Leib Christi zu spüren. Und selbst zu Weihnachten hielt sich das verordnete Glücksempfinden über die Geburt des Erlösers in Grenzen. Es kam darauf an, den Jubel über die Geschenke durch wohlkalkuliertes Interesse an der Krippe zu dämpfen und auszutarieren, die unter dem Weihnachtsbaum aufgestellt war.

Und als ich etwa so alt wurde, wie Laura heute ist, bekam der fromme Lack einen Kratzer nach dem anderen, bis ich als Sechzehnjähriger, zum Entsetzen meiner Mutter und zum schmunzelnden Einverständnis meines protestantischen bis agnostischen Vaters, die Teilnahme am Religionsunterricht verweigerte. Begonnen hatte dieser stufenweise Abfall vom Glauben vermutlich mit jenem Gefühl heftigster Peinlichkeit, die ich empfand, wenn sich unser romfrommes Häuflein zu Fronleichnam im Eversten Holz zusammenfand und anschließend zur Pfarrkirche prozessierte. Im Messdienergewand, dessen offensichtliche Mädchenhaftigkeit „leider Gottes" nicht zu leugnen war, wallte ich weihrauchschwingend in diesem Zug mit, der von den evangelischen Heiden am Straßenrand so kopfschüttelnd bestaunt wurde, als sei der Kölner Karneval vom rechten Weg abgekommen.

Ins Blaue und anderswo hin

eiße Schäfchenwolken, die ins Blaue ziehen – gut möglich, dass mir die Welt da draußen so frisch und blankgeputzt erschien; möglich freilich auch, dass der norddeutsche Himmel grau und niedrig hing, als meine ersten Blicke als Reisender ihn trafen. Das Gesichtsfeld war klein, gerahmt von den geflochtenen Rändern des Kinderwagens, der weiß und schön geschwungen war wie ein Schwan. Solche weichen, runden Linien standen im tröstlichen Kontrast zur Zeit, die von den mageren Erwachsenen als hart und schwer bezeichnet wurde, Jahre des Mangels, des Behelfs und Ersatzes. Das Schwelgen im Rundlichen war in den frühen fünfziger Jahren wohl eine warenästhetische Vorahnung der aufgehenden Wirtschaftswundersonne; das Design trug schon lange vor der Fresswelle Wohlstandsbäuche – nicht nur der Kinderwagen, in dem ich reiste oder genauer gesagt: gereist wurde, sondern auch höherentwickelte Transportvehikel wie der VW-Käfer, der Ford „Buckel", der drollige Messerschmidt Kabinenroller und auch die Motorräder.

Wenn ich, dem Kinderwagen bald entstiegen, mit meinem klappernden Holzroller unser Viertel zwischen Ofener Straße und Botanischem Garten, St. Peter-Kirche und Ammerländer, bereiste und mich in Lack und Chrom gespiegelt sah, mögen mich Ahnungen berührt haben, dass man mit diesen blitzenden Wundermaschinen, die damals so selten waren wie heute ein Pferdefuhrwerk, wahrscheinlich noch viel weiter kommen konnte als von Straßenecke zu Straßenecke. Und eines Tages beobachtete ich staunend, wie ein Nachbar sein Motorrad mit Taschen und Bündeln belud; den Seitenwagen des Motorrads bestieg die Frau des Nachbarn, beide schoben sich die Schutzbrillen vom Helm auf die Augen und knatterten unter Fehlzündungen in einer Abgaswolke davon. Die fahren nach Italien, sagte mein Vater. Nach Capri. Zum Camping. Und zum Beweis erhielt die gesamte Nachbarschaft von diesen Pionieren nachkriegsdeutscher Italiensehnsucht wenig später Ansichtskarten, auf denen ein glühender Sonnenball über schroffen Klippen im blauen, ach so blauen Meer versinkt.

Doch statt uns von Neid und ungestilltem Fernweh überwältigen zu lassen, schmierte meine Mutter ein paar Butterbrote, füllte die Thermoskanne mit Tee, und los ging's mit Fahrrädern zu einem Sommersonntagsausflug in die nähere Umgebung. Mein Bruder hockte auf dem Kindersitz vor meinem Vater, ich auf dem vor meiner Mutter, der Fahrtwind blies uns ins Gesicht, manchmal prallten mir Insekten gegen Nase und Wangen, meine Mutter sang vielleicht „Wohlauf in Gottes schöne Welt", und nach einer Rast im Gras am Straßenrand hatten wir auch bald – zum Beispiel – das Nordseebad Dangast erreicht. Bei Ebbe buddelten wir im Schlick, bei Flut plantschten wir im flachen Wasser des Jadebusens herum, dem Wasser der Nordsee also, die auch die Insel Wangerooge umspült, zu der schon bald meine erste, echte Ferienreise führte.

Während das Heck noch das satte Grün des ostfriesischen Deichs zu berühren schien, streifte der Bug bereits die prilzerklüfteten Salzwiesen im Süden der Insel. Zwischen der mit Holzstangen und Birkenstämmen abgesteckten Fahrrinne zog die Fähre – damals erschien sie mir riesig: Ein Ozeandampfer, mit dem man bis ans Ende der Welt hätte fahren können. Es gibt ein Foto, auf dem einer der freundlichen Matrosen mir seine Mütze aufgesetzt hat und mich auf dem Arm hält. Einen Schiffsjungen wie dich, scheint sein Lachen zu sagen, können wir immer brauchen. Am Inselanleger ging das Abenteuer weiter, denn dort erwartete uns die Inselbahn mit der kleinen Dampflok. „Rasender Elias" wurde sie genannt. Die Fähre tutete zum Abschied mächtig aus ihrem Nebelhorn, die Lokomotive pfiff das Willkommen, zog an, die Waggons mit den Holzsitzen ruckten, dann schunkelten wir auf dem Damm durch die Salzwiesen zum Insel-Bahnhof, der adrett wie die nur unwesentliche Vergrößerung eines Häuschens von einer Modelleisenbahn-Anlage wirkte. Über seiner Uhr prangte die Inschrift „Kehre wieder". Und da waren wir dann ja auch. Ferienzeit zwischen Leuchtturm und Westturm, zwischen Watt und Brandung: Wangerooge.

Schnappschüsse, die im Fotoalbum meiner Eltern kleben: Mein Bruder und ich beim Bau einer Sandburg; Schaufel und Eimer und aufblasbarer Wasserball, rot-gelb-grün muss er gewesen sein, das bricht noch durch das vergilbende Schwarz-Weiß der alten Bilder. Mein Vater lacht und legt meiner Mutter den Arm um die Schulter. Und über dem Kopf meiner Mutter flattern die Fahnen der Strandpromenade. Weiß ich das wirklich noch? Das und all das andere aus diesen versunkenen Jahren? Wie sind die Beziehungen zwischen Bild und Leben, zwischen Vorstellung und dem, was wirklich geschah? Vielleicht haben die alten Fotos von uns eine unendlich dünne Haut abgezogen und diese dann zu Bildern entwickelt? Vielleicht arbeitet unser Blick nicht anders, und die Erinnerungsbilder, die in der Dunkelkammer unseres Vergessens auf Belichtung warten, sind keine leeren Vorstellungen, sondern feine Substanzen mit einer Art geisterhaft unkommandierbarem Eigenleben? Noch weitaus feiner als der Sand, durch den wir barfuß liefen, dem Wasser entgegen. Im fröhlichen Gewimmel auf der Hauptstraße schieben wir unseren Bollerwagen zum Strand, in dem sich Handtücher, Spielsachen, Sonnencreme und ein Picknick befinden. Mein Vater grüßt den Lehrer, der uns gestern mit einer Touristengruppe durchs Watt geführt hat. Das Klinkerpflaster glüht, alles ist hell, Inselsommer eben – und plötzlich der muntere Singsang: „Hallo, ein Sonnenfoto! Von Ungermann." Wir drehen uns um. „Der Kleine etwas mehr zur Mutter bitte, so, und lächeln, und danke." Ungermanns Fotograf, ein Original, das in den 50er Jahren Hochkonjunktur hatte, als Kameras noch nicht zur Reise-Standardausrüstung gehörten. Mein Vater hatte seinen eigenen Apparat, aber ein Sonnenfoto von Ungermann gehörte zu Wangerooge wie Leuchtturm und Westturm, wie Brandung und Strand.

Doch blieben solche Reisen, die durch die Überfahrt mit dem Schiff etwas Exotisches bekamen, einstweilen Ausnahmen von der Regel, dass ich die Ferien zu Hause oder bestenfalls bei Verwandten verbrachte. Diese sogenannten Sommerfrischen begannen damit, dass meine Mutter feststellte: Der Junge braucht mal Luftveränderung – aber dann war es am Ende doch nur ein Tapetenwechsel, denn bei Onkel und Tante im Sauerland passierte kaum etwas anderes als zu Hause in Oldenburg. Immerhin kam es zum erregenden Abenteuer einer Bahnfahrt! Wenn der Lautsprecher auf dem Bahnsteig das Einlaufen des Zuges ankündigte und dazu aufforderte, von der Bahnsteigkante zurückzutreten, wenn das schwarze Ungetüm von Lokomotive zischend und schnaubend alles in weißen Dampf hüllte, wenn wir Plätze im Abteil gefunden hatten und auf dem gegenüberliegenden Gleis ein Zug abfuhr, so dass man das Gefühl hatte, selber bereits zu fahren und die Erwachsenen dann regelmäßig mit dem Scherzchen aufwarteten: Vorsicht am Zuge, der Bahnsteig fährt ab, wenn der Zug sich dann schließlich ruckend und zuckend in Bewegung setzte und, wie im Lied, aus grauer Städte Mauern hinaus durch Wald und Feld zog – dann, ja dann, konnte, wer eine Reise tat, am Ende zumindest erzählen, dass er eine Bahnfahrt gemacht hatte.

Inzwischen war die Sonne des Wirtschaftswunders längst aufgegangen. Ihr warmer Schein konkretisierte sich Anfang der Sechziger Jahre im elfenbeinfarbenen Lack des ersten Autos, das mein Vater erstand. Es handelte sich weder um den allseits milde belächelten Leukoplastbomber der Marke Lloyd, der gewissermaßen die Westversion des Trabis „von drüben" darstellte, noch um eine der barock-verspielten Limousinen der windigen Borgward-Werke, sondern selbstverständlich um einen als solide, vernünftig und mithin einer vierköpfigen Beamtenfamilie perfekt angemessen geltenden VW-Käfer – freilich bereits das revolutionäre Modell mit der sogenannten großen Heckscheibe. Der Wagen kostete die stolze Summe von Fünftausend Mark und stellte somit eine Investition dar, die regelmäßig gewaschen und poliert werden musste – das umso mehr, als nun auch bald eine automobile Ferienreise in Aussicht gestellt wurde, die alles in den Schatten stellen würde, was ich bislang in dieser Hinsicht erlebt hatte. Die Reise war nicht nur weit, sondern sollte sogar ins Ausland führen; zwar nicht gleich ganz bis Italien, was meinen Eltern vermutlich allzu frivol erschien, aber immerhin nach Österreich. Und so wurde dann eines Tages der winzige Stauraum unter der Kühlerhaube und der als Kofferraumersatz fungie-

rende Gepäckschacht hinter der Rückbank mittels einer general-
stabsmäßigen Planung mit unseren Habseligkeiten vollgepackt, wobei mein Vater um jeden Millimeter rang, und die sperrigeren Ge-
päckstücke fanden auf einem Dachgepäckträger Platz. Schließlich
steckte meine Mutter rasch noch ein frisches Sträußchen Maiglöck-
chen in die Blumenvase am Armaturenbrett, und wir tuckerten los.
Das Autobahnnetz jener Jahre hatte längst noch nicht die flächen-
deckende Totalität der Gegenwart erreicht, so dass der inzwischen
nicht nur für zuverlässig, sondern gewissermaßen haustiergleich für
„treu" gehaltene VW einen Großteil der Strecke über gute, alte
Landstraßen dahinschnurrte. Am Abend erreichten wir Oberbay-
ern, übernachteten in einem preiswerten Gasthaus, überquerten am
nächsten Tag die Grenze, ein Vorgang, den ich als ungeheuerliche
Erweiterung meines Erfahrungsraums in Erinnerung habe, und erreichten schließlich unser Urlaubsdomizil, eine Familienpension in
Kärnten. Hier hieß der Kuchen Mehlspeis' und die Pfifferlinge hie-
ßen Schwammerln – ja, wir waren wirklich im Ausland.

*

Anfangs nahmen unsere Lehrer den alljährlichen Wandertag so
wörtlich, dass die Freude über den Ausfall des Unterrichts durch
die Blasen an den Füßen schmerzlich gedämpft wurde, nachdem wir
zu Sehenswürdigkeiten der näheren Umgebung marschiert waren,
die unsere Lehrer für Unentbehrlichkeiten zeitgenössischer Hei-
matkunde hielten. In späteren Jahren kam es freilich immer häufiger
zu Extravaganzen wie einer Busfahrt nach Köln, legitimiert durch
eine dortige Ausstellung über „Die Römer am Rhein", und sogar einer kombinierten Bus-Schiffsreise nach Helgoland, legitimiert
durch die geologische Formation der roten Sandsteinfelsen und den
Ursprungsort des Deutschlandlieds. Uns Schüler, die wir damals
17 oder 18 waren, interessierte die Insel eher als Ursprungsort zoll-
freier Alkoholika und Zigaretten, deren Erwerb aus pädagogischen
Gründen streng untersagt war und eben deshalb in reichlichen
Mengen erfolgte, so dass auf der Rückreise nicht mehr zweifelsfrei

festzustellen war, ob wir an Seekrankheit litten oder bereits zu tief in die zollfreien Flaschen geschaut hatten.

Eine Wanderfahrt gehorchte also anderen Gesetzen als die so genannten Klassenreisen. Als Dreizehnjährige hatte uns eine Klassenreise zwei Wochen in ein Schullandheim auf Juist geführt; der Zweck dieses Aufenthalts lag offenbar darin, uns Geographie, Fauna und Flora der Insel ans Herz zu legen, bestand unsere Haupttätigkeit doch in unendlichen Wanderungen über Strände, Dünen und geklinkerte Fußwege – der Wandertag fand hier täglich statt, was für die Lehrer den Vorteil hatte, dass wir abends erschöpft und klaglos in die Betten fielen. Die eigentliche Klassenreise, das ganz große Ding sozusagen, sollte jedoch kurz vor dem Abitur stattfinden; an dem humanistischen Gymnasium, das ich absolvierte, war es nämlich Tradition, dass die 13. Klassen wechselweise nach Rom und Athen fuhren, um dort vor Ort zu bestaunen, wovon man im Latein- und Griechischunterricht jahrelang hatte raunen hören. Aber diese Bildungsreise blieb uns versagt; denn in den unruhigen Jahren um 1970 weigerten sich die zuständigen Lehrer, für die aufmüpfigen Schüler Verantwortung zu übernehmen, waren wir doch dem antiautoritären Zeitgeist verfallen, ohne uns freilich recht darüber im Klaren zu sein, was „antiautoritär" eigentlich zu bedeuten hatte. Ein schöner Zufall fügte es, dass ich zwanzig Jahre später doch noch eine leise Ahnung davon bekam, was diese schulische Bildungsreise ins klassische Altertum bedeutet hätte. Als ich nämlich als Stipendiat der Villa Massimo 1991 ein Jahr in Rom verbrachte und eines Tages in einem Café an der Piazza Navona saß, fiel mir eine Gruppe deutscher Jugendlicher auf, die sich um den Bernini-Brunnen in der Platzmitte scharrte – eine Schulklasse auf genau der Bildungsreise, die an mir vorübergegangen war. Und der ältere Herr, der mit weit ausladenden Handbewegungen über Brunnen und Kirchen hinweggestikulierte, hätte mein alter Lateinlehrer sein können. Ich blickte genauer hin. Er war es! Der Zeitgeist hatte sich gewendet; man fuhr wieder nach Rom oder Athen. Das Wiedersehen war ebenso verblüfft wie herzlich, und kurz darauf fand ich mich in der Rolle eines

Fremdenführers wieder, der eine Klasse seiner ehemaligen Schule und seinen alten Lateinlehrer durch Roms Innenstadt geleitete. Dabei fiel mir auf, dass so mancher Schüler sich weniger für die starre Schönheit antiker oder barocker Architektur interessierte als viel mehr für die lebendigen Schönheiten römischer Weiblichkeit, die durch die Gassen wogte.

*

Als ich siebzehn wurde, erlaubten meine Eltern, dass ich in den Ferien auf eigene Faust loszog. Und zusammen mit einem Freund fuhr ich nun jeden Sommer nach Skandinavien; wir fuhren per Anhalter – wir trampten, wie der damalige Terminus für diese Reiseform auf Kosten großzügiger Autobesitzer lautete. So standen wir also bei Regen und Wind, Sonne und Hitze, mit erhobenem Daumen am Straßenrand, neben uns die Rucksäcke mit den aufgeschnürten Schlafsäcken und vor allem unsere Gitarren, denn mein Freund und ich waren seinerzeit ein durchaus passabel eingespieltes Duo mit einem Repertoire, das von Bob Dylan zu den Beatles und von Leonard Cohen zu Simon and Garfunkel reichte. Wir standen und warteten, den Daumen im Wind, und irgendwann hielt dann ein Wagen, der uns dem Norden näher brachte. Am liebsten waren uns Lastzüge, weil sie weite Strecken bedeuteten, auch wenn wir einmal nach einer Zehn-Stunden-Tour in einem Fischtransporter wie ein Makrelenschwarm stanken. Es gab aber auch den Missionar der Zeugen Jehovas, der uns stundenlang davon zu überzeugen versuchte, dass der Weltuntergang unmittelbar bevorstehe und wir gut daran täten, augenblicklich seiner Glaubensgemeinschaft beizutreten; es gab den schwulen Handelsvertreter, der gezielt den Schaltknüppel mit meinem Knie zu verwechseln wusste, und es gab den besorgten Vater zweier halbwüchsiger Mädchen, der auf diese Weise herausbekommen wollte, was für Typen es waren, die seinen Töchtern nachliefen. Nach Skandinavien fuhren wir übrigens aus zwei Gründen: Erstens gab es die Legende von den blonden Mädchen, für die wir angeblich eine Art Südländer waren, tem-peramentvoll und heißblütig, und die nur darauf warteten, uns in den Schoß zu fallen beziehungsweise uns in ihren fallen zu lassen. Irgendwie stimmte das sogar, aber unsere einschlägigen Erfolge hatten wohl eher damit zu tun, dass wir permanent brünstig waren wie geile Kater bei Vollmond. Und der zweite Grund war der, dass man in den Städten Dänemarks und Schwedens Straßenmusik machen konnte, ohne gleich von aufgebrachten Ladenbesitzern oder Polizisten vertrieben zu werden. Mit den Einnahmen dieser Open-Air-Konzerte im Kleinstformat konnten wir unseren Aufenthalt finanzieren. Beide Gründe hingen miteinander zusammen, weil wir bei unseren Auftritten in Fußgängerzonen, in Parks und auf ruhigen Plätzen immer Zulauf von weiblichen Bewunderern hatten, was wir durchaus zu nutzen wussten. Und bei Ferienende standen wir dann wieder an der Straße Richtung Süden und warteten – auf den Fischlaster, den Zeugen Jehovas, den schwulen Handelsvertreter. Heute waren wir „on the road again", und morgen würden wir wieder die Schulbank drücken.

„Wo wollt ihr denn mit dieser Kasper-Bude hin?", fragte der Kfz-Meister in einer Mischung aus Mitleid und Verachtung, als wir dem uralten VW-Bus entstiegen, dessen großflächige Rostflecken wir mit psychedelischen Ornamenten überpinselt hatten. Und als wir zur Antwort gaben: Griechenland, da schüttelte er resigniert mit dem Kopf, wechselte die defekten Stoßdämpfer aus und wünschte uns viel Glück. Wir hatten übrigens Glück, denn das betagte Gefährt brachte uns pannenfrei hin und zurück. Wir – das war eine Hälfte der Wohngemeinschaft, in der ich während meines Studiums in Hamburg lebte; wir – das war die hedonistische Fraktion, die Castaneda las, Pink Floyd hörte und mittels Haschisch und LSD ausgedehnte Reisen in die wogigen Regionen der inneren Kontinente unternahmen, während die andere Hälfte der Wohngemeinschaft aus der politischen Fraktion bestand, die Marx las, Süverkrüp hörte, Bier trank und es faschistoid fand, dass wir während der Semesterferien ausgerechnet ins Griechenland der CIA-gestützten Obristen wollten. Wir fuhren trotzdem, überstanden Grenzkontrollen und nach Haschisch schnüffelnde Cockerspaniel, überstanden zwei Reifenwechsel und die Schrecken des jugoslawischen Autoput. Kurz hinter der griechischen Grenze ging nach einer kaum enden wollenden Nachtfahrt die Sonne auf, und diesen Sonnenaufgang habe ich als eine Umarmung durch Licht und Wärme in Erinnerung, die so intensiv war, als hätte ich nie zuvor in meinem Leben die Sonne aufgehen sehen. Wir fuhren nach Athen und schifften uns auf die Fähre nach Kreta ein. Als Kind der Nordseeküste war ich schon oft mit Fähren und Schiffen gefahren, aber diesmal war es anders. Das mediterrane Getümmel am Kai von Piräus, die Mischung aus Schlampigkeit und Improvisationskunst, das fremdartige Stimmengewirr, die Gerüche nach Salz und Harz und Dieselöl, die ungeheure Sonne über dem ungeheuer tiefblauen Meer – alles das zerfloss in mir zu einer Wahrnehmung von Zeitlosigkeit, zur Erfahrung, dass das simple, tagtäglich sich wiederholende Ablegen eines Schiffes eine der archaischsten Momente allen Reisens darstellt. Dies Ablegen und In-See-Stechen, als der plumpe Rumpf aus dem Hafen manövrierte und schließlich in seinem Element zu einer beinah schwebenden Anmut fand, diese Passage von Piräus nach Iraklio, im Schlafsack auf den Decksplanken, den Blick in die sternklare Nacht, schließlich die Annäherung an die Insel im Zwielicht des – wie ich mich aus dem Griechischunterricht erinnerte – rosenfingrigen Morgens: Es war die Reise schlechthin, der Eintritt in eine fremde Welt, eine Erweiterung meiner Wahrnehmung, wie sie keine Drogen, aber auch kein Studium mir je würden bieten können.

Rhabarberkuchen
und Silberbart

uli 1960: Unsere Badesachen lagen im Stauraum hinter der Rückbank, auf der mein Bruder und ich erwartungsfroh saßen, während mein Vater auf die Armbanduhr blickte und ungeduldig aufs Lenkrad trommelte. Dann stieg auch meine Mutter auf den Beifahrersitz. Mein Bruder und ich dachten und mein Vater sagte: „Na endlich", drehte den Zündschlüssel, und der VW-Käfer sprang meckernd an.

„Hab nur noch schnell ein Sträußchen aus dem Garten geholt", sagte meine Mutter und quetschte ein paar Veilchen in die V-förmige Blumenvase am Armaturenbrett.

„Jetzt wollen wir mal richtig Gas geben", sagte mein Vater, als wir auf der Landstraße waren.

„Aber vorsichtig", sagte meine Mutter.

„Hundertzehn!" sagte mein Vater triumphierend. „Der schafft auch hundertzwanzig, aber das riskier ich erst, wenn er vorschriftsmäßig eingefahren ist." Hundertzehn war natürlich schon enorm.

„Wie 'n Sputnik", sagte mein Bruder.

Als uns ein totschickes Borgward-Cabriolet mit offenem Verdeck überholte, sagte meine Mutter: „Unverantwortlich." Mein Vater guckte irgendwie neidisch.

Als wir auf dem Parkplatz von Dangast ankamen, stand der Borgward schon da. „Die werden sich noch wundern", sagte mein Vater.

„Wieso?" sagte ich.

„Wenn's regnet", sagte mein Vater. „Im Rundfunk war von Gewittern die Rede."

Im Augenblick schien aber noch die Sonne, und wir freuten uns aufs Wasser. „Die Nordsee ist doch immer wieder schön", sagte meine Mutter, doch als wir mit Picknickkorb und Wasserball den Strand erreichten, war die Nordsee weg. Statt Wasser starrten wir auf eine bleigraue, in der schwülen Hitze modrig müffelnde Schlickfläche, an deren äußerstem Ende es vage blau blinkte.

Das war vermutlich die Nordsee. Kilometerweit entfernt. „Tja", sagte mein Vater, „Ebbe."

„Das hätten sie ja nun auch mal im Rundfunk sagen können", sagte meine Mutter. Mein Bruder und ich sagten gar nichts.

„Ihr könnt ja mal 'ne Schlickburg bauen", sagte mein Vater.

„Och nö", sagte mein Bruder.

„Oder Muscheln suchen", sagte meine Mutter.

„Och nö", sagte ich.

„Wollt ihr nicht wenigstens den Wasserball aufblasen?" sagte mein Vater. „Wir können ja vielleicht Fußball —"

„Nö!"

„Ihr seid wirklich verwöhnt", sagte meine Mutter, und als wollte der Himmel ihre Worte betonen, zuckte im Nordwesten vor düster dräuender Wolkenwand ein erster Blitz, gefolgt von mürrischem Donner.

„Hab ich's nicht gesagt?" sagte mein Vater. „Gleich steht hier alles unter Wasser." Er schmunzelte. Wahrscheinlich dachte er an das offene Cabriolet. Ein zweiter Blitz riss durchs Gewölk.

„Ein Himmel wie von Radziwill", sagte meine Mutter versonnen.

Mein Bruder und ich verstanden nur Bahnhof. Lag Radziwill hier irgendwo in der Nähe?

„Lasst uns schnell ins Kurhaus laufen", sagte sie. „Da trinken wir gemütlich Kaffee und essen den leckeren Rhabarberkuchen."

Mein Bruder und ich sahen uns erschrocken an und sagten wie aus einem Munde: „Bäh! Rababa!" Wie man das Zeug schrieb, wussten wir damals ja noch nicht; wir wussten aber, dass es ekelhaft schmeckte, sauer und pelzig auf Zunge und Zähnen, und wir wussten es genau, weil wir jeden Sommer aus dem Gemüsegarten eines Nachbarn mit Rhabarber, Rhabarber, Rhabarber beschenkt wurden, den meine Mutter zu Kompott verkochte. Sie schaufelte zwar Unmengen Zucker hinein, aber süß wurde die Pampe nie. Und ausgerechnet das sollte uns für die verschwundene Nordsee entschädigen?

Erste, schwere Tropfen klatschten auf den Matsch, der eigentlich Nordsee sein sollte. Wir hasteten Richtung Kurhaus, vorbei am Borgward, dessen Verdeck inzwischen leider geschlossen war. Heute ging aber auch alles schief! Als wir im Kurhaus ankamen, waren wir klatschnass. Das Gewitter, das aus Richtung Radziwill herangezogen war, tobte sich über Dangast aus.

„Wollt ihr jetzt Rhabarberkuchen oder nicht?" fragte meine Mutter, als wir am Kuchentresen anstanden.

„Och nö!" Mein Bruder und ich bekamen dann Butterkuchen, der zwar lecker war, aber irgendwie fühlten wir uns um diesen Sonntag betrogen.

*

August 1972: Die Türen waren mit psychedelischen Ornamenten bemalt und die Motorhaube mit dem Peace-Zeichen. Irgendwie war es gelungen, uns zu sechst in den Citroen 2 CV zu quetschen; die Bodenplatte schrammte fast auf dem Asphalt, aber da der Wagen es auf stramme 29 PS brachte, kamen auf jede Person zirka 4,83 PS. Von Oldenburg bis Dangast reichte das dicke. Kurz vorm Parkplatz des Kurhauses stiegen bis auf den Fahrer alle aus, um den Wagen nicht an den Dangaster Schlaglöchern zu Schrott werden zu lassen. Im Westen sackte die Sonne, rot und rund glühend wie die Spitze eines gigantischen Joints, über Siel und Deich, und aus den geöffneten Türen und Fenstern tönte es bereits vielversprechend. Werner Klugs E-Bass röhrte dumpf, Peter Behrens' Schlagzeug rumpelte grollend, und Hajo Teschners Gitarre jaulte und kreischte.

„Haben die etwa schon angefangen?" sagte einer von uns.

„Ich glaub, die üben noch", sagte ich.

„Macht das bei denen denn einen Unterschied?" sagte ein dritter, und wir kicherten.

Was da weit über Watt, Strand und Wiesen rumorte, war der von der Gruppe Silberbart erzeugte, himmlische Lärm. Das Rocktrio erfreute sich im kiffkontaminierten Bermudadreieck zwischen Wilhelmshaven, Oldenburg und Bremen eines legendären Rufs, weil sie eine Musik fabrizierten, die mit Hajo Teschners eigenen Worten in etwa so klang: „Wir experimentierten mit Geräuschen, Klangcollagen und vertrackten Rhythmen. Stampfende Hardrockpassagen wechselten mit bruitistischen Klangexzessen, hervorgerufen durch kontrollierte als auch anarchisch-freie Verstärkerrückkoppelungen, ebenso durch die Behandlung der Instrumente mit Messern, Biergläsern, Fäusten und Geigenbögen. Ein Ride-Becken ging zu Bruch, als der Drummer es auf den Boden schleuderte. Mit variablen Metren, extremen Saitenverstimmungen, wahnsinnigen Lautstärken und dekonstruktiven Zersplitterungen versuchten wir die Schallmauer des Erträglichen zu durchbrechen. Es gelang.“

Es gelang auch an diesem Abend. Im Saal des Kurhauses saßen, lagen, hockten oder standen in einer süßlich duftenden Rauchwolke etwa 200 Freunde des Unerträglichen und lauschten dem musikalischen Wahnsinn, den Silberbart in die Dangaster Sommernacht entließ. Ein Stück hieß sinnvoller- oder -loserweise (das war ja egal) Brain Brain, der Text eines anderen bestand lediglich aus den plattdeutschen Zahlen Een Twee und hieß wahrscheinlich auch so. Als nach gut einer Stunde beständiger Schallmauerbeschädigung Head Tear of the Drunken Sun – was immer das heißen und uns sagen sollte – angestimmt wurde, befiel einen meiner Freunde und mich das Bedürfnis, mal nach draußen zu gehen, um unsere Gehörgänge durchzulüften.

„Wir nehmen uns noch Rhabarberkuchen mit“, sagte mein Freund.

„Mag ich nicht“, sagte ich. „Mochte ich schon als Kind nicht.“

Mein Freund kaufte trotzdem zwei Stücke. „Wirst schon sehen“, sagte er, „beziehungsweise schmecken.“ Wir gingen über die Klinkertreppe an den Strand.

Mein Freund rollte einen der schlanken Zweiblattjoints, für deren elegante Konstruktion er berühmt war. Wir rauchten und blickten den Sonnenresten nach, die im Meer versickerten. „Ach so“, sagte ich, „verstehe.“

„Was?“ sagte mein Freund, „etwa Alles?“

Weil der Joint gut kam, verstand ich zwar annähernd Alles, hatte es aber gar nicht so kosmisch gemeint, sondern nur den rätselhaften Titel der, nun ja, Musik, die vom Kurhaus her durchs Zwielicht schollerte. „Head Tear of the Drunken Sun", sagte ich.

„Ja klar", sagte mein Freund, „logisch irgendwie. Und jetzt der Rhabarberkuchen." Er biss herzhaft in eins der Stücke, kaute, verdrückte den Kuchen in unglaublicher Geschwindigkeit, wischte sich mit der Zunge Krümel und Rhabarbersaft, der haargenau wie Sonnentränen aussah, aus den Mundwinkeln, lächelte dann verzückt wie ein Guru beim Eintritt ins Nirvana, sagte: „Das isses, echt, Alter" und reichte mir das zweite Stück.

Ich unterdrückte meine Rhabarberabscheu und biss misstrauisch hinein. Gar nicht so übel. Ein zweiter Bissen. Wenn nicht gar lecker. Ein dritter. Köstlich! Der vierte Biss war dann schon eine Offenbarung, und beim fünften war das Stück verdrückt.

„Und?" sagte mein Freund.

Ich nickte nur in stummer Ergriffenheit und blickte zum Kurhaus zurück. Es sah jetzt fast genauso aus, wie auf Radziwills berühmtem Bild *Der Strand von Dangast mit Flugboot*; aber nur fast, weil da, wo in Radziwills Himmel das Flugboot fliegt, nun ein saftiges Stück Rhabarberkuchen dem Kurhaus entgegenschwebte.

„Komm", sagte ich zu meinem Freund, „wir gehen wieder rein und holen uns noch ein Stück."

Und das taten wir auch, während Silberbart etwas spielte, was Chub Chub Cherry hieß, aber wie Rhabarber Rhabarber klang und meinen Ohren auch so schmeckte.

Musikalische Metamorphosen

Ich komme aus einer unmusikalischen Familie. Das einzige Musikinstrument in meinem Elternhaus war eine verstaubte, unbesaitete Laute, die wie eine überdimensionale, halbierte Birne mit zu langem Stiel aussah. Als sie noch Saiten hatte, waren meine Großmutter und mein Großvater damit als Wandervögel durch Wald und Flur gezogen und hatten *Auf du junger Wandersmann* oder *Im Frühtau zu Berge* gesungen. Derlei Volkslieder sang auch meine Mutter, wenn sie zwar nicht mehr am Spinnrad, aber immerhin noch an der Nähmaschine mit Fußpedal saß. *Am Brunnen vor dem Tore, Kein schöner Land* und *In Mutters Stübele, da geht der mh mh mh, in Mutters Stübele da geht der Wind.* Damals waren unsere Fenster ja auch noch nicht dreifach iso-verglast.

In der katholischen Volksschule Brüderstraße lag die musikalische Latte schon deutlich höher. Hier wurden Kanons gesungen, bei denen man den Einsatz nicht verpatzen durfte, weil man sonst mit dem Rohrstock, der dem Lehrer auch als Taktstock diente, einen Schlag auf die Hand bekam. *Schläfst du noch? Meister Jakob, Meister Jakob, schläfst du noch?* oder auch *C A F F E E trink nicht soviel Caffee, nicht für Kinder ist der Türkentrank, schwächt die Nerven, macht dich blass und krank.* Ein paar Jahre später erfuhr ich im Religionsunterricht, dass nicht nur der teuflische Türkentrank zu Nervenschwäche, Blässe und Krankheit führt, sondern auch die so genannte Selbstbefleckung, für die es allerdings keinen Kanon gab. In der Volksschule trichterte man mir übrigens auch die Grundlagen des Blockflötenspiels ein, aber ich scheiterte schon früh an Gis und Cis. Bedauert habe ich mein Versagen erst viel später, als ich dahinter kam, dass auf *Ruby Tuesday*, einem Stück der Rolling Stones, Blockflöte gespielt wird.

Ich war auch Mitglied im Oldenburger Turnerbund. Mit ihrer Balkendecke und dem muffigen, schweißgetränkten Sägemehl auf dem Boden glich die Turnhalle am Haarenufer einem Reitstall.

Turnlehrer Schmidt, der drahtig und klein war und deshalb Schmidtchen genannt wurde, empfing uns hinter einer Art Tresen, vermerkte unsere Anwesenheit in einem amtlich aussehenden Buch und teilte uns mit schnarrendem Singsang in Riegen ein: Bock, Barren, Ringe, Kasten, Boden. Dann schlug er mit einem Staffelstab auf der Kante seines Tresens einen Marschtakt, in dessen Rhythmus sich die Riegen im Gänsemarsch zu den Geräten bewegten. Wir hüpften, sprangen, purzelten und stürzten eine Stunde umher und versammelten uns zum Abschluss vor einem Sprungtisch, auf dem der Turnlehrer vom Vorturner zum Chorleiter mutierte, indem er mit seinem Staffelstock unseren Gesang dirigierte: *Aus grauer Städte Mauern* und *Wem Gott will rechte Gunst erweisen*.

Geschmettert wurde dergleichen Liedgut auch im Bund Neudeutschland, kurz ND, ein katholisches Konkurrenzunternehmen zu den protestantisch dominierten Pfadfindern. Wir trugen lindgrüne, paramilitärische Uniformhemden mit Achselklappen und Brusttaschen, Fahrtenmesser an den Gürteln, und manch eines der mitgeführten Kochgeschirre hatte 20 Jahre zuvor noch unseren Vätern gedient, als sie in Frankreich, Russland und anderswo auch schon dergleichen Lieder gesungen hatten. Doch unsere Fahrt war friedlich und führte nur ins Barneführer Holz oder an den Dümmersee. Das Lager gruppierte sich ums Küchenfeuer, über dem in verrußten Hordentöpfen Nudeln, Suppen und Eintöpfe abgekocht wurden, zu denen es Bundeswehrschwarzbrot aus Dosen gab, Panzerplatten genannt. Auch zum Frühstück gab es Panzerplatten mit Mehrfruchtmarmelade aus einem 10-Litereimer, dazu Muckefuck. Höhepunkt des Lagerlebens war das abendliche Lagerfeuer mit allerlei Gruselgeschichten und Musik, die mir im Nachhinein auch nicht mehr ganz geheuer ist. Begleitet von schrammelnden Klampfen, jammernden Mundharmonikas und Trommelwirbeln von den Marmeladeneimern grölten wir uns durch *Wir lagen vor Madagaskar* oder beschworen mit *Hava Nagila* unsere weltoffene Internationalität. Mein Lieblingslied war damals *Wildgänse rauschen durch die Nacht mit schrillem Schrei nach Norden, unstete Fahrt habt acht, habt acht, die Welt ist voller Morden.* Schade nur, dass ich damals noch nicht die wundervolle Variation kannte, die Robert Gernhardt auf dies Lied verfasst hat. Sie lautet nämlich: *Wildgänse rauschen durch die Nacht mit schrillem Schrei nach Osten. Unstete Fahrt, habt acht, habt acht, sonst rauscht ihr gegen Pfosten.* Übrigens war es einer der klampfenkundigen Neudeutschen, der mir die ersten Gitarrengriffe zeigte. C G7 F. Damit, meinte er, kann man praktisch alles spielen. Ich war begeistert. So einfach war das also!

Die Lautenbirne von Oma und Opa hatte keine Saiten, sonst hätte ich gleich loslegen können. Aber außer an Heiligabend, wenn wir unterm Tannenbaum *Leise rieselt der Schnee* und *Stille Nacht* sangen, kam bei uns zuhause die Musik nur aus dem Radio. Abgesehen von der Leselampe, in deren Schein man sich das sprichwörtlich Gute Buch zu Gemüt führte, war das Radio das wichtigste Medium jener Jahre. Es lieferte Nachrichten, Schulfunk und Hörspiele, aber es lieferte eben auch Musik. Die Vorderseite mit dem stoffbespannten Lautsprecher und dem grünlich leuchtenden Punkt, das magische Auge der Senderfrequenzen, und davor die Stationstasten aus weißem Bakelit, die wie die Tastatur eines Klaviers aussahen! Mehr Instrument brauchte man nicht, um Hafenkonzert und Nachmittagsserenade, Wunschkonzert und Schlagerparade zu hören, zum Beispiel den Schunkelhit *Am 30. Mai ist der Weltuntergang.* Das war der Soundtrack zum Kalten Krieg. Die Atombombe hing über unseren Köpfen, in Berlin wurde eine Mauer gebaut, und die bösen Sowjets brachten Raketen nach Kuba. Und meine Mutter legte einen Eichhörnchenvorrat für den bevorstehenden Weltuntergang an. Aber da man nicht wusste, in welchem Jahr dieser stattfinden würde, machte man es sich ansonsten gemütlich. Und außerdem beschützten uns die Amerikaner. Sie sangen auch lustige Lieder für uns, zum Beispiel Gus Backus – das war der mit dem *Alten Häuptling der Indianer.* Oder Bill Ramsey – das war der lustige Dicke mit kariertem Jackett und der *Zuckerpuppe aus der Bauchtanztruppe,* oder auch Billy Mo mit seinem unsterblichen Klassiker *Ich kauf mir lieber einen Tirolerhut* – sie waren alle als amerikanische GIs nach Deutschland gekommen, beschützten uns vor Chruschtschow und Genossen und sorgten für Bombenstimmung. Wer es sich leisten konnte, machte vor dem 3. Weltkrieg aber noch mal schnell Urlaub in Italien. Wer es sich nicht leisten konnte, hörte eben die einschlägige Musik, nämlich Rudi Schurickes *Caprifischer*, und ließ sich die gute Laune nicht verderben. Wo viel Fernweh, da auch viel Heimweh. In manche Lieder passte beides wie etwa in Freddys *Junge komm bald wieder* und *Brennend heißer Wüstensand*. Dergleichen konnte man wohl nur mit viel Humor ertragen. Eine damals sehr beliebte Parodie machte deshalb aus dem brennend heißen Wüstensand einen brennend heißen Würstchenstand, alle Würstchen sind verbrannt, wo einst die Bude stand, da ist jetzt Ackerland ...

Später erfuhr ich, dass diese entsetzlichen Eindeutschungen auf einem schönen Song beruhten, nämlich *Memories Are Made of This*. Mir gefällt am besten die Version von Johnny Cash. Auch der hatte als amerikanischer GI eine Weile in Deutschland verbringen müssen, blieb davon musikalisch aber unbeschadet. Das Gleiche galt für einen, dessen Musik plötzlich wie ein Tornado durch den Schlagermuff fegte: Elvis Presley. Für die Generation meiner Eltern brach damit rein musikalisch der 3. Weltkrieg aus, oder wenn es kein Krieg war, dann war es zumindest der Untergang des Abendlands. Ich hörte solche Musik zum ersten Mal auf dem Kramermarkt, aber nur von ferne, denn sie kam aus Richtung Raupenbahn. Und die Raupenbahn war etwas Unanständiges, dem wir nicht zu nahe kommen durften. Dort standen beziehungsweise, wie meine Mutter sagte, „lungerten" nämlich die Halbstarken herum. Die Jungs hatten Schmalztollen, trugen Nietenhosen und Lederjacken, die Mädchen Pferdeschwänze und Petticoats. Was da zur Musik von Elvis Presley, Bill Haley, Chris Montez oder des Twistkönigs Chubby Checker auf der Raupenbahn vor sich ging, wenn die Planen über den Wagen für einen kurzen Moment geschlossen wurden, musste einfach unanständig sein. Vermutlich schwächte es ähnlich wie der Türkentrank die Nerven der Halbstarken und machte sie blass und krank. Und solche Musik war jugendgefährdender Schmutz und Schund, genau wie die Comic-Hefte mit den Abenteuern von Tarzan, Sigurd oder Akim, die in einem ordentlichen Haus nichts zu suchen hatten. Ich las sie mit Taschenlampe heimlich unter der

Bettdecke. Der verpönte Rock'n Roll erklang übrigens auch in der Eisdiele Arnoldo in der Achternstraße, dröhnte aus einer geheimnisvoll flimmernden und flackernden Musik-Box. Es gab da auch Nierentische, Tütenlampen und immergrüne Plastikpflanzen. Die Wände waren mit Deco-Fix beklebt, und wo die Bahnen ungenau aneinander stießen, fuhren abgeschnittene Gondeln gegen das Kolosseum, oder aus dem Ausschnitt einer feurigen Italienerin ragte eine Mandoline. Und vorm Eingang standen die Mopeds der Halbstarken.

Etwa zur gleichen Zeit kam ich aufs Alte Gymnasium, auf das seit Generationen die männlichen Mitglieder meiner Familie geschickt wurden. Die erste Musikstunde, die ich auf dieser Anstalt erlebte, diente dazu, unter uns Novizen würdigen Nachwuchs für den Schulchor zu rekrutieren. Karl ("Kalle") Hüber, ein schon zu Lebzeiten Legende gewordener Musiklehrer ließ in alphabetischer Reihenfolge jeden von uns ein Lied eigener Wahl vorsingen. Wer einigermaßen ton- und taktsicher erschien, wurde für den Chor zwangsverpflichtet. Wer schräg und stimmbrüchig quäkte, wurde schon nach wenigen Tönen mit ungnädiger Geste zum Schweigen gebracht und musste ab sofort damit leben, in Musik eine Vier ins Zeugnis zu bekommen. In unserer seit Generationen selbstbewusst unmusikalischen Familie war ich der Einzige, dem aus unerfindlichen Gründen eine leidlich sichere Gesangsstimme gegeben war. Ich hatte die Absicht, die Wildgänse noch einmal durch die Nacht rauschen zu lassen und freute mich schon auf die Mitgliedschaft im Chor. "Modick", las der Musiklehrer jedoch aus seiner Liste, wiederholte "Modick?" mit einem gedachten Fragezeichen, schüttelte mitleidig, vielleicht auch entsetzt, den künstlerischen Kopf und sagte: "Braucht nicht vorzusingen. Modicks können nicht singen. Setzen. Vier." So fiel ich also einer Art musikalischer Sippenhaft zum Opfer. Ich konnte in Zukunft singen wie ich wollte und die schönsten Notenschlüssel an die Tafel malen – es blieb bei der von den Vorvätern, Vätern und Onkeln ererbten Vier.

Allerdings bekam ich inzwischen Gitarrenunterricht, aber nicht auf der saitenlosen Lautenbirne meiner Oma, sondern auf einer so

genannten Wandergitarre aus einem ordentlichen Musikalienfach-
geschäft. Natürlich brachte mir der schon leicht greisenhafte Gitar-
renlehrer in der Jugendmusikschule nichts von Elvis Presley oder
Bill Haley bei, sondern handzahm gezupfte Begleitungen zu Volks-
und Weihnachtsliedern und kreuzbrave klassische Stücke. Als nun
Musiklehrer Hüber eines Tages verkündete, wer ein Instrument be-
herrsche und dies vor versammelter Klasse unter Beweis zu stellen
bereit sei, bekäme automatisch eine Eins in Musik, witterte ich
meine Chance. Doch nachdem ich fehlerfrei einige durchaus
schwierige Stücke vorgespielt hatte, wurde ich mit den Worten ent-
lassen, die Gitarre sei gar kein richtiges Instrument. Die Vier blieb
auf dem Zeugnis einbetoniert. Richtige Instrumente waren vor
allem Geigen, und die Königin der Instrumente war der Flügel. Den
absoluten Höhepunkt des schulischen Musiklebens bildeten bei
Abiturfeiern vierhändig vorgetragene Klavierstücke, die Kalle Hüber Seit an Seit mit begabten Schülern zum Besten gab. Unter den
Zuhörern kursierte dann die Bemerkung: Wer zuerst fertig ist, hat
gewonnen. Zur klassischen Musik habe ich seitdem ein gestörtes,
wenn nicht gar gequältes Verhältnis.

*

Theoretisch: Ein A-Moll-Septakkord ohne Quinte, kombiniert mit
einem F-Dur-Akkord und G 11, bei dem die Terz durch eine Quart
ersetzt ist. Praktisch: Beatles. Der Eröffnungsakkord von *A Hard
Day's Night*. Dieser Akkord wirkte wie eine befreiende Windböe,
die alle Fenster und Türen aufriss und nach der musikalisch nichts
mehr wie früher war. *A Hard Day's Night* war meine erste Langspielplatte. Ich hatte sie mir zu meinem dreizehnten Geburtstag
gewünscht und tatsächlich bekommen. Mein Plattenspieler, auf
dem zuvor Gus Backus, Gitte, Catarina Valente und Bill Ramsey
rotiert waren, war ein Koffergerät mit Lautsprecher im Deckel. Ich
legte die Platte auf den Teller wie ein Juwelier ein Diadem auf Samt
bettet. Der Tonarm ruckte und zuckte schwerfällig auf die Anfangs-
rille, leichtes Knistern, und dann dieser unerhörte Akkord und

rechts das Schlagzeug und die Gitarren von links und die Stimmen in der Mitte. Das war nicht nur der Soundtrack des Beatles-Films von Richard Lester, es war ab sofort der Soundtrack der ganzen Welt.

Wenn damals eine neue Beatles-Platte angekündigt wurde, wartete ich darauf wie auf eine Offenbarung, wie auf ein allerneustes Testament. Ich lag längst im Bett, morgen früh musste ich wieder zur Schule, und wollte schon das Radio abstellen, als der BFBS-Sprecher verkündete, morgen werde die neue Platte der Beatles erscheinen: Man werde ab Mitternacht das komplette Doppelalbum abspielen. Im grünlichen Schimmer der Frequenzeinstellung des Radios lag ich in so fiebriger Erwartung, wie sonst als Kind die letzten Stunden vor der Weihnachts-Bescherung. Endlich kam die Musik, einsetzend mit Flugzeuglärm, den ich zuerst für eine Frequenzschwäche des Senders hielt, ein Rauschen aus weiter Ferne, das mich in seinen Sog zog und mitnahm auf eine Reise durchs Wunderland der Klänge, die mir galten, in denen ausgesprochen war, was ich nie selbst hätte formulieren können. Ja, das war meine Musik, ein Teil von mir. Sie gehörte zu meinem Leben wie Essen und Trinken, wie Atmen und Schlaf.

Ich war siebzehn in dieser Novembernacht 1968, dem zum Mythos gewordenen Jahr: Die Studenten revoltierten, die große Koalition leitete die sozial-liberale Ära ein, Martin Luther King und Robert Kennedy fielen Attentaten zum Opfer, der Vietnamkrieg tobte, Nixon war zum Präsidenten gewählt worden, die Sowjetunion in die Tschechoslowakei einmarschiert – und die Beatles sangen *Back in the USSR*, *Happiness is a Warm Gun* und *Revolution*. Mit den Ereignissen draußen hatten diese Stücke nur indirekt zu tun, doch die Stimmung der 60er Jahre, das berauschende Lebensgefühls des Aus- und Aufbruchs, war von der Musik der Beatles so durchtränkt wie das Löschpapier in meinen Schulheften mit Tinte. „Wenn ihr etwas was über die sechziger Jahre erfahren wollt", sagt der Komponist Aaron Copland, „spielt die Musik der Beatles." In ihr hat sich die kreative Eruption der Epoche, die Befreiung vom Muff der Nachkriegszeit, die Aggressivität wie die Hippie-Träume von Love and Peace, die sexuelle Revolution wie die psychische Revolution der Halluzinogene, verdichtet wie in keinem anderen kulturellen Dokument. Damals, in jener Novembernacht am Radio, rührte diese Musik an eine gewissermaßen jungfräuliche Empfindung: sie war meine erste Liebe.

Ganz real verliebte ich mich etwa zur gleichen Zeit in ein sehr blondes, sehr blauäugiges und sehr langbeiniges Mädchen, machte ihr monatelang den Hof, kam aber über einige recht unbefriedigende Knutschereien nicht hinaus. Mein blonder Schwarm mochte mich zwar irgendwie, aber den kanadischen Dichter und Sänger Leonard Cohen, den auch ich verehrte, mochte sie noch viel lieber. Und dann gab es in Hamburg ein Konzert Leonard Cohens, sein erstes Konzert in Deutschland überhaupt. Wir beschafften uns Karten und fuhren mit einem Freund, damals bereits stolzer Besitzer eines VW-Käfers, nach Hamburg. Es gab erst eine Langspielplatte von Cohen, ich kannte die Lieder alle auswendig, und es kam mir so vor, als wäre dies *mein* Konzert und meine blonde Liebe wäre *mein* Publikum. Während der nächtlichen Heimfahrt kamen wir uns tatsächlich näher als je zuvor – freilich auch nur so nahe, wie es auf der Rückbank eines fahrenden VW-Käfers möglich war. Wahrscheinlich stellte sie sich mit geschlossenen Augen einfach vor, ich sei Leonard Cohen. Ich war's aber nicht, und eine Woche später war alles vorbei, denn sie eröffnete mir kühl, nunmehr einen neuen Freund zu haben. Der hatte nämlich ein eigenes Auto, einen 2 CV. Ich war untröstlich und spielte Cohens *Hey That's No Way To Say Goodbye*, bis ich eine neue Liebe fand und *Tonight Will Be Fine* meine neue Hymne wurde. Die Blonde war mir nicht treu geblieben, aber ich blieb Leonard Cohen treu. Er hat bis an sein Lebensende Songs von höchster poetischer Qualität geschrieben.

Neben den Beatles und Cohen hat es der dritte Säulenheilige meines Musikhimmels inzwischen zum Literaturnobelpreisträger gebracht – Bob Dylan, zweifellos der größte Songschreiber des 20. Jahrhunderts. Wenn man mich als 18-jährigen gefragt hätte, was ich einmal werden wollte, hätte ich „Keine Ahnung" gesagt, aber gedacht hätte ich: So etwas wie die Beatles oder Cohen oder Dylan.

Ich fing damals auch an, eigene Lieder zu schreiben, doch meine musikalischen Fertigkeiten beschränkten sich auf gehobenes Lagerfeuerniveau. Bei diesen Songs begriff ich allerdings, dass es eine enge Verwandtschaft zwischen Musik und Sprache gibt. Gut gemachte Rock- und Popsongs müssen natürlich keine literarischen Meisterwerke sein. Ein Primitiv-Song wie *My Baby Baby balla balla* ist auf seine Weise durchaus genial, und auch die frühen Beatles begnügten sich ohne Niveauverlust mit *She loves you, yeah yeah yeah*. Bei wirklich guten Liedern greifen Musik und Text untrennbar ineinander.

Gegen die Zeit und das Altern ist kein Kraut gewachsen; es kommt darauf an, wie man altert, und es gibt einen großen Unterschied zwischen dem Altern und dem Veralten. Das gilt auch für die Musik. Wenn man in Musik nicht mehr die Veränderungen erkennen kann, die Entwicklungen, die diejenigen durchgemacht haben, die diese Musik machen, dann wird sie zum Selbstplagiat, wird unglaubwürdig und veraltet. Als die Beatles sich auflösten, war das für mich ein Schock, als hätten meine Eltern sich scheiden lassen. Inzwischen weiß ich, dass die Beatles gut daran taten, etwas sein zu lassen, was sich nicht mehr produktiv entwickelte. Vielleicht hat deswegen diese Musik im Gegensatz zu vielen anderen Rockgruppen der 60er und 70er Jahre etwas Zeitloses, fast Volksliedhaftes bekommen, das immer neue Generationen anspricht. Der ewige Glaubenskrieg zwischen den Fans der Beatles und der Rolling Stones, der demnächst in Altersheimen ausgetragen wird, ist für mich längst entschieden. Die Rolling Stones sind zu Schauspielern ihrer selbst geworden, eine Cover-Band ihrer eigenen Titel, peinliche Berufsjugendliche. Sie sind veraltet. Die Musik der Beatles ist gealtert wie sehr, sehr guter Wein.

*

Zum Musiker hat es bei mir nicht gereicht, aber die Beatles, die Rockmusik allgemein und Songs wie die von Cohen und Dylan haben entscheidend dazu beigetragen, dass ich auf einigen Umwegen wurde, was ich heute bin – Schriftsteller. In vielen meiner Arbeiten spielt Musik eine wichtige Rolle, oft versteckt in Zitaten und leitmotivischen Strukturen, manchmal auch ganz direkt. Diese atmosphärische Nähe zur Musik hat dann schließlich dazu geführt, dass ich auf meine nun schon etwas älteren Tage durch eine Zufallsinflation sondergleichen doch noch zum Co-Autor eines professionellen Musikalbums geworden bin. Und das kam so: Um mein über die Jahre gründlich eingerostetes Gitarrenspiel zumindest wieder auf Hausmusikniveau zu heben, nahm ich Unterricht (Zufall Nr. 1) bei Jürgen Fastje, Mitglied der Oldenburger Band Heart of Gold, zu der auch (Zufall Nr. 2) die Musiker Claudia und Heinz Fröhling gehören, der einst Mitglied des legendären Trios *Schicke Führs Fröhling* gewesen war. Als Claudia von meinem Unterricht bei Jürgen erfuhr (Zufall Nr. 3), bat sie ihn, mir Folgendes auszurichten: Sie und ihr Heinz hätten vor Jahren (Zufall Nr. 4) in einer Zeitschrift einen Text von mir gelesen, der davon handelt, wie unsere Kinder heute auf die anhaltende Begeisterung ihrer Eltern für die Beatles reagieren. Diesen Text hätten sie leider nicht aufbewahrt, aber in so guter Erinnerung behalten, dass Claudia ihn ihrem Heinz als Überraschung zum 60. Geburtstag schenken wollte. Und ob ich diesen Text noch hätte? Ich hatte ihn noch, weil er (Zufall Nr. 5) inzwischen in mein *Vatertagebuch* des Jahres 2004 eingegangen war, gab Jürgen das Buch mit der Bemerkung, dass auch ich (Zufall Nr. 6) demnächst leider Gottes 60 werden würde, und Jürgen reichte Buch samt meiner Bemerkung an Claudia weiter, woraufhin ich eine Dankes-E-Mail von ihr bekam. Es stellte sich dann heraus, dass (Zufall Nr. 7) die Geburtstage von Heinz und mir nur zwei Tage auseinander liegen und dass wir beide im Geburtstagsexil (Zufall Nr. 8) auf Mallorca feiern wollten, um größeren Festivitäten auszuweichen. Das aber, meinten Claudia und ich einverständig, könne man dann ja auch gleich gemeinsam erledigen. Und so kam es dann, dass meine Frau und ich samt Töchtern uns am Tag zwischen Heinz' und meinem Geburtstag mit dem Ehepaar Fröhling in einem Hafenrestaurant auf Mallorca trafen. Es wurde ein sehr lustiger Tag, weil wir uns auf Anhieb verstanden, als würden wir uns seit jenen fernen Tagen kennen, da wir zum ersten Mal die Beatles gehört hatten. Wir entdeckten mindestens so viele Gemeinsamkeiten wie Zufälle – zum Beispiel sind wir (Zufall Nr. 9) in Oldenburg Nachbarn.

Aus der neuen Freundschaft ergab sich eine Partnerschaft. Heinz hatte während der letzten Jahre neue Instrumentalstücke komponiert und eingespielt, mit denen er aber (Zufall Nr. 10) nicht so recht zufrieden war. Er spielte sie mir vor. Da fehle etwas, sagte er, aber er wisse nicht, was. Ich wusste es. Es fehlten Texte. Probeweise schrieb ich für eins der Stücke einen Text. Er passte. Ein zweiter und dritter Text passten auch. Am Ende waren es acht. Das Resultat ist die CD *Metamorphosen*.

Schneeränder

ehr heftig schneite es nicht, aber was da an so genannter weißer Pracht leise vom Himmel rieselte, reichte offenbar aus, die Zugverspätung ständig zu vergrößern. Anfangs hatte der „Bordlautsprecher" vor Bahnhöfen nicht nur alle Anschlüsse gemeldet, die erreichbar waren, sondern auch noch mutig alle bereits verpassten. Ab Köln war nur noch von den ständig weniger werdenden, erreichbaren Anschlüssen die Rede, auch allerlei entschuldigende Floskeln á la Betriebsstörung wurden abgegeben, aber seit Dortmund Hauptbahnhof schwieg sich der Bahnservice verstockt aus. Die Schaffner respektive „Zugbegleiter" schlichen mit eingezogenen Köpfen durch die Waggons, wussten von nichts und verwiesen achselzuckend auf „die Lautsprecherdurchsagen auf den Bahnhöfen".

Ich hatte mich zum Mittagessen ins „Bordrestaurant" der Mitropa gesetzt. In der Küche köchelte der übliche Eisenbahnfraß, im Restaurant der Volkszorn. In den Tischvasen, in denen sonst verhärmte Blümchen ihrem Ende entgegenvegetierten, staken Tannenzweige mit fusseligen Lamettafäden, zur hoffnungslos vergeblichen Funktion verdammt, bis zum Abnadeln friedvolle Weihnachtsstimmung zu verbreiten. Auch der lauwarme Linseneintopf „Rheinische Art", den mir die immerhin noch verblüffend gelassene Kellnerin mit osteuropäischem Akzent servierte, erinnerte eher an Spülwasser denn an weihnachtliche Tafelfreuden. Zur inneren Desinfektion trank ich ein Bier dazu und bestellte zum Kaffee vorsichtshalber gleich einen Underberg.

Der Underberg tat so gut, dass mir die vage Idee für eine moderne Weihnachtsgeschichte in den Sinn kam. Ich holte mein Notizbuch aus der Jackentasche und kritzelte: Ein 24. Dezember kurz vor der Jahrtausendwende. Seit Tagen lang anhaltende, heftige Schneefälle. Am frühen Nachmittag bricht fast in ganz Deutschland der Verkehr zusammen. Der ICE von Köln nach Berlin bleibt irgendwo in

Brandenburg auf freier Strecke stecken. Schneesturm. Schneeverwehungen, meterhoch. Die Heizung im ICE fällt aus. Panik. Chaos. Gewalttätigkeiten. Weinende Kinder. Aufgebrachte Erwachsene. Überforderte „Zugbegleiter". In dieser Situation kommt es bei einer hochschwangeren Frau zu einer Frühgeburt. Das Ereignis spricht sich wie ein Lauffeuer durch den eingeschneiten Zug. Alle Konflikte lösen sich. Weihnachtsfrieden breitet sich aus wie ...

Was für ein Blödsinn! Der Underberg tat offensichtlich doch nicht so gut. Ich strich den ganzen Sermon aus. Moderne Weihnachtsgeschichte? Kompletter Quark. In mir aus Kindertagen bekannten Weihnachtsgeschichten war es meistens üblich, jährlich gleich mehrere arme Jungen beziehungsweise „Knaben" und Mädchen erfrieren zu lassen. Der Knabe oder das Mädchen oder (auch immer wieder gern genommen) das aus Knabe und Mädchen bestehende, bettelarme Geschwisterpaar einer angemessenen Weihnachtserzählung hatte gewöhnlich in dunkler Nacht und bitterer Kälte vor dem Fenster eines wohlhabenden Hauses zu stehen, um sich mit blutenden Herzen am Anblick des brennenden Weihnachtsbaums und opulenter Gabentische in einem luxuriösen Zimmer zu ergötzen – und dann auch zügig zu erfrieren, nachdem sie noch viel Unangenehmes und Bitteres empfunden haben mussten. Gelegentlich erschienen ihnen im Tode dann irgendwelche feenhaften oder engelsgleichen Lichtgestalten und geleiteten sie ins jenseitige Irgendwo. Wenn ich mich recht erinnerte, stammten solche Geschichten vorzugsweise von russischen Autoren, bei denen ich mich allerdings – bis heute – nicht besonders gut auskannte. Doch verstand ich sehr wohl die guten Absichten ungeachtet der Grausamkeiten, die auf die handelnden Personen wie Schnee- und Graupelschauer niedergehen. Ich wusste, dass die Autoren die armen Kinder immer wieder erfrieren lassen mussten, um die reichen Kinder daran zu erinnern, wie gut sie es hatten. Aber irgendwie reichte diese Einsicht nicht aus, mir eine Geschichte aus den Fingern zu saugen, in der auch nur ein einziger Knabe oder ein elternloses Mädchen hätten erfrieren müssen, nicht einmal zu solch einem achtbar pädagogisch korrekten Zweck. Ich selbst war ja auch nie erfroren, nicht einmal in den kargen Wintern der fünfziger Jahre, und war auch nie beim Erfrieren eines Waisenknaben oder Zündholzmädchens zugegen gewesen. So hätte ich also nur allerhand lachhafte Dinge zu sagen gehabt, wenn ich die Empfindungen beim Erfrieren beschreiben wollte. Und außerdem wäre es mir doch peinlich gewesen, ein Kind erfrieren zu lassen, nur um ein anderes Kind an seine sorgenfreie Existenz zu erinnern. Da zöge ich es schon vor, von Kindern zu erzählen, die nicht erfroren sind, zum Beispiel von meinen Töchtern oder, wenn's hätte sein müssen, sogar von mir selbst. Darauf noch einen Underberg.

In Hannover war dann mein Anschlusszug so gründlich verpasst, dass ich einen Zwangsaufenthalt von über einer Stunde in Kauf nehmen musste. Wer den Hauptbahnhof von Hannover kennt, weiß, was ich litt. In der unteren Ebene, einer zugigen Betonkatakombe, lagerte ein Trupp Obdachloser mit ihren Hunden, gleich Hirten auf dem Felde, um einen gewaltigen, voll elektrisierten Tannenbaum. Und auch die Läden und Verpflegungsstände hatten sich mit einschlägigen Dekorationen aus Plastik, Pappe und Glitzergirlanden weihnachtlich in Talmi-Schale geworfen.

Ich ließ mich in einer Pizzeria nieder, trank einen Cappuccino und dachte daran, dass ich immer noch kein Weihnachtsgeschenk für meine Frau hatte, nicht einmal eine Idee. Die Geschenke für die Mädchen besorgte sie und hatte auch immer für mich etwas „Passendes". Sich selbst allerdings konnte sie natürlich schlecht beschenken, obwohl es ihr an Ideen nicht mangelte. Und so ergab sich alle Jahre wieder das gleiche Problem, übrigens noch dadurch verschärft, dass meine Frau nur fünf Wochen vor Weihnachten Geburtstag hat, so dass die besten Ideen bereits Ende November verschenkt sind. Vor einigen Jahren hatten wir uns einmal hoch und heilig versprochen, uns gegenseitig nichts mehr zu schenken, was zu dem Ergebnis führte, dass ich nur mit „einer Kleinigkeit" für sie aufwartete, während sie es mit gleich zwei oder drei Kleinigkeiten für mich bewenden ließ. Im folgenden Jahr waren wir dann der Einfachheit halber wieder zu *business as usual* zurückgekehrt.

Auf dem Boden der Cappuccinotasse standen Reste von Milchschaum, durchsetzt mit braunen Kaffeeschlieren. Aschespuren im
Schnee. Die Kohle in den Öfen war zu Asche zerfallen. Die Asche
wurde in Ascheimer aus Blech gefüllt. Die Ascheimer mussten in
die große Aschentonne neben dem Haus gekippt werden. Die
Aschentonne wurde einmal wöchentlich von der Müllabfuhr geleert. Und die Kohle kam aus dem Keller, wo es, wie im Lied, zwar
duster war, aber der arme Schuster wohnte dort nicht. Dort lag der
Kohlenvorrat, der uns durch den Winter bringen sollte. Eingekauft
wurde im Sommer, wenn die Kohle billiger war. Männer mit verrußten Gesichtern, die sich kapuzenähnliche Kappen über Nacken
und Stirn gezogen hatten, wuchteten sich die Kohlensäcke von einem Lkw auf die Schultern und schleppten sie zum Kellerfenster.
Dort war eine Holzrutsche angebracht, in deren Rinne schwarz
staubend die Kohle aus den Säcken krachte und dann polternd in
den Keller kollerte. Im Winter mussten dann mein Bruder und ich
die Kohle vom großen Haufen in sogenannte Schütter schaufeln
und in die zweite Etage schleppen, wo sie in den gierigen, rot glü-
henden Ofenmäulern verschwand. Im Keller befand sich auch die
Waschküche. An Waschtagen malochte meine Mutter hier unten
in Dampfschwaden, die aus dem gewaltigen, auf dem Boden fest ge-
mauerten Bottich aufstiegen, unter dem das Kohlenfeuer brannte,
und rührte mit Holzstäben die Wäsche durch. Anschließend wurde
sie gespült, in Körbe umgefüllt und im Garten zum Trocknen aufgehängt, bei schlechtem Wetter auf dem Dachboden. Dort stand
auch die Mangel, ein tonnenschweres Eisenungetüm, das ächzte
und wimmerte, wenn die Laken und Bettbezüge hindurch gezogen
wurden und dann glatt und weiß wie eine Badezimmerwand schim-
merten. Merkwürdig, dass dies Gerät die Mangel hieß, denn sein
Geräusch würde für mich immer einen Unterton, den Generalbass
jener Zeit bilden, die auch die Tage des Mangels waren. Ich wusste
nicht mehr, ob wir wussten, was wir wissen sollten, nämlich „wie
gut wir's hatten". So gut war's ja nun auch beileibe nicht, selbst
wenn's wirtschaftswundermäßig stetig voran ging. Nicht gut hatte
es jedenfalls meine Mutter, deren hausfrauliche Pflichterfüllung in

einer Zeit ohne Waschmaschine, von Geschirrspülautomaten zu schweigen, Züge von Sklaverei aufwies. Staubsauger gab es immerhin schon, und wir hatten auch einen elektrischen Kühlschrank, während meine Großmutter in den ersten Jahren, in die meine Erinnerung zurückreichte, noch einen hölzernen Kühlschrank mit Blechummantelung hatte: Im Sommer kam der Eiswagen, ein Mann mit einer nässetriefenden Lederschürze wuchtete große, grauweiß glänzende Eisquader hinein und zerstieß sie mit einem Eispickel. Das knirschende Geräusch, das die von Sommerhitze satte Küche meiner Großmutter erfüllte, hing mir noch heute im Ohr wie das Echo einer versunkenen Welt, von der ich kaum glauben konnte, dass ich selber einmal dazu gehört habe. Versunken, wie die Kaffeespuren im Milchschaum, manchmal noch aufzuckend wie ausbrennende Kerzen am Weihnachtsbaum, wenn der Docht kippt und die Flamme schließlich im Wachs ertrinkt.

Um Mitternacht kam ich im Oldenburger Bahnhof an. Der Schnee lag jetzt schon zwanzig bis dreißig Zentimeter hoch, und es schneite immer noch. Ein Taxi war nicht aufzutreiben. So stapfte ich also durch das Schneetreiben nach Hause. Die Straßen wie in Watte gepackt. Alle Geräusche gedämpft, wie durch Filter gesickert. Ich hängte den schneeschweren Mantel im Bad über die Wanne und zog mir die Schuhe aus, zerknüllte Zeitungspapier, stopfte es hinein und stellte die Schuhe neben den Kachelofen. Weiße Schneeränder auf der nassen Schwärze des Leders.

Sarabande auf der Brücke

Es wird noch einmal ein fast sommerlicher Tag werden, einer der letzten des Jahres. Die Sonne steht fett hinter den Kronen der Eichen, legt Goldränder ums fahl gewordene Grün. Von der ungemähten Wiese heben sich Dunstschleier, das Birkenlaub ist schon gelb gesprenkelt, und milder Südwind schiebt die Morgenkühle fort. Die Zufahrt ist von kniehohen Gräsern bewachsen und gesäumt mit längst verblühten Rhododendren. Von den Rändern her breiten sich Moos und Gras über der Terrasse aus. Aus den Fugen zwischen den Ziegelsteinen wachsen Fingerhüte, und Brombeeren wuchern bis dicht an die Hauswände. Die Dachrinnen sind mit Laub und Nadeln verstopft.

Ich bin gekommen, um das alte Landhaus winterfest zu machen. Drinnen ist es klamm und riecht nach Vergangenheit. Auf dem Kachelofen, mit dem sich fast das ganze Haus beheizen ließ, liegt eine Staubschicht. Der Ofen war nicht nur geometrisch ein Mittelpunkt, sondern auch atmosphärisch. Das Gefühl der Geborgenheit, des Gemütlichen, das dies Haus wie ein guter Geist belebte, verdichtete sich im Winter auf der Ofenbank zu einer fast greifbaren Substanz, wenn man die Wärme wie eine fürsorgliche Umarmung empfand. Die Uhr am Kamin ist stehen geblieben bei Viertel vor Neun. Morgens? Abends? Gestern? Oder schon vor Jahren? Ich stelle das Wasser ab und öffne die Fenster, um das Haus noch einmal vom Hauch des Altweibersommers zu beleben, bevor es im Winterschlaf versinkt. Als ich im ehemaligen Kinderzimmer das Fenster öffne, stoße ich versehentlich gegen eine Spieluhr im Bücherregal. Der Deckel des gelb-weißen Holzkastens springt auf, ein Bajazzo kommt zum Vorschein und dreht sich zum Klimpern der Walze. Sarabande. Von Händel. Wie lange ist das her? Zwanzig, fünfundzwanzig Jahre? Fast schon eine Generation. Aber im unverhofften Wiedererklingen der Walze ist es jetzt, und die Vergangenheit erwacht im Takt der Sarabande.

Unter der holzgetäfelten Dachschräge wirkte das Kinderzimmer wie ein Beduinenzelt, in dem jeder Tag mit einer Geschichte endete. Lagen die Mädchen im Bett, wurde vorgelesen. Es gab lustige und traurige Geschichten, kurze und lange, ganze Romane gar, die sich über Wochen hinzogen. In diesen Stunden herrschte ein heller Zauber, der die Buchstaben in gesprochene Worte verwandelte und zwischen dem Mund des Vorlesenden und den lauschenden Ohren eine unsichtbare Brücke bildete, während das Schnurren des Katers, der eingerollt einem der Mädchen zu Füßen lag, wie ein einverständiger Kommentar klang. Manchmal, wenn die Mädchen schon eingeschlafen waren, las ich noch ein wenig weiter – vielleicht, um ihren Träumen noch ein paar Worte einzugeben, vielleicht aber auch, weil ich vom Vorlesen nicht lassen wollte, wenn daraus etwas aufstieg, was stummer, erwachsener Leseroutine abgeht: Klang.

Als sie dann selbst lesen konnten, lasen meine Töchter manisch bis zügellos – von *Wendy*-Heften über *Harry Potter* bis zu den *Buddenbrooks*, gelegentlich sogar, wenn auch stirnrunzelnd und kopfschüttelnd, Bücher, die ihr Vater geschrieben hatte. Aber die Bücher, die in meiner Kindheit beliebt waren, ließen die Mädchen kalt. Vielleicht lag es auch daran, dass die Karl-May-Lektüre eine Sache für Jungen war und nur die Sechzigerjahre-Verfilmungen mit Pierre Brice den Hormonhaushalt weiblicher Teenager seinerzeit in Wallung versetzen konnten. Wäre zu Pubertätszeiten meiner Töchter Leonardo DiCaprio als Winnetou angetreten, hätten vermutlich auch sie sich mit solcher Inbrunst in die dunkelgrünen Schwarten versenkt wie der etwa zwölfjährige Junge, den ich einmal im Zug beobachtet hatte. Er war in Hannover mit seiner Mutter zugestiegen und saß mir dann im Abteil gegenüber. Er hatte sofort einen *Harry-Potter*-Band aus seinem schreiend roten Plastikrucksack gezogen, mit fieberhafter

Unersättlichkeit zu lesen begonnen und sich von nichts und niemandem ablenken lassen – nicht von der draußen wintertrüb vorbeiziehenden Welt, nicht vom Angebot der durch die Gänge scheppernden Minibar, schon gar nicht vom Schaffner, der die Fahrkarten kontrollierte. Und selbst, als seine Mutter ihm einen

Apfel hinhielt, blickte er kaum auf, sondern griff traumwandlerisch abwesend danach, biss hinein und verschlang, nun kauend, weiter sein Buch. Er fuhr nicht von Hannover nach Bremen oder Oldenburg oder Norddeich-Mole, sondern von einem Kapitel zum nächsten. Dazwischen lag der öde Gleichtakt der Schwellen und Schienen, den die Hochspannungsleitungen aufteilten, die Leere einer Welt, die ihn am Zielbahnhof wieder in Empfang nehmen würde. Inzwischen führte er ein Leben auf Fortsetzung, indem er den Abenteuern seines Helden sein eigenes Dasein beimischte, ohne es zu bemerken.

Die Sarabande dreht die Erinnerung noch weiter zurück ins Damals meiner eigenen Kindheit in den Fünfzigerjahren, zurück zur Stadtbibliothek in der Oldenburger Gartenstraße. Die Bücherei hieß schlicht und einfach *Brücke*. Ich nahm an, dass damit die brückenartige Treppe gemeint war, die zum Eingang hinaufführte, diese Brücke, auf der wir in schnell fallenden Dämmerungen, an Spätnachmittagen im Herbst oder Winter, fröstelnd im Nebelstaub warten mussten, bis geöffnet wurde. Als ich später dahinterkam, dass *Brücke* nur ein Kürzel für das städtische Kulturzentrum *Brücke der Nationen* war, blieb ich dennoch dabei: Die *Brücke* war diese Treppe zum Wunderreich der Bücher, die ich wie Piratenschätze nach Hause trug, um sie dort, vom Lesefieber in bunte Phantasielandschaften gebannt, gierig und nimmersatt wegzuschlürfen, wie einem wirklich Fiebernden ja auch kein Getränk den unstillbaren Durst zu löschen vermag. Die Bücher freilich, die man am dringlichsten gebraucht hätte, um das Lesefieber zu stillen, waren fast immer ausgeliehen, besonders natürlich die Werke Karl Mays.

Doch das, was auf dem Index stand, der Schmutz und Schund, also Tarzan, Akim, Sigurd, und wie die Helden der schmalformatigen Comic-Serien alle heißen mochten, war in der *Brücke* nicht zu haben. Es gab jedoch einen Ort, an dem solche Schätze im Überfluss vorhanden waren. Diese Leseschatzinsel lag in einer Wohnung in der Westerstraße. Ein Schulkamerad hatte das sagenhafte Glück eines Vaters, der sowohl Comic-Hefte sammelte als auch alle, aber auch wirklich alle, Bände Karl Mays besaß. Unsere Lektüre gab sich dort der grellen Kolportage so hemmungslos hin wie der Junge vor mir im Zug. Als ob man sich im Buch verbrannte. Die Seiten als Scheite, entflammt durch unsere Blicke. Gibt es womöglich einen Zusammenhang zwischen Schmökern und Schmöken, Rauchen also? Nun ja, das führt ins Nebelreich der Spekulation, die allerdings der Erinnerung verwandt ist. Die Karl-May-Bände mit den bunten Umschlagbildern und grün-schwarzen Jugendstil-Ornamenten auf den Rücken standen in einer Vitrine hinter Glasschiebetüren. Der stolze Besitzer war zu sehr Sammler, als dass er die Bücher aus dem Haus gegeben und uns ausgeliehen hätte. Vielleicht fürchtete er, seine Kostbarkeiten könnten unter unseren entzündenden Blicken tatsächlich in Feuer und Rauch aufgehen. Und so hockten wir also sehr artig im Schneidersitz vor dieser Schleiflack-Vitrine auf dem Sofa oder auf dem Fußboden und schmökerten uns mit heißen Ohren *Durchs wilde Kurdistan*, durch *Winnetou I* bis III und durch Tarzans und Prinz Eisenherz' Abenteuer.

Mein Vater rauchte – das heißt also: schmökte – zu dieser Zeit *Senoussi*-Zigaretten, auf deren orange grundierten Packungen Araber in wildromantischen, buntgestreiften Burnussen abgebildet waren, so dass ich ein klares Bild davon gewann, wie ich mir Hadschi Halef und die anderen Orientalen vorzustellen hatte. Illustrationen zu Karl Mays Wild-West-Geschichten gab es auch als Sammelbilder in den *Wilken-Tee*-Packungen, die meine Mutter kaufte. Unten, im Parterre des Schmökerhauses in der Westerstraße, befand sich ein Wäscherei- und Heißmangelbetrieb, aus dessen Räumen Dampfschwaden nach oben in unsere Leseräusche drangen. Deshalb werden die Abenteuer Kara Ben Nemsis und Old Shatterhands in meiner Erinnerung stets von einem Aroma durchtränkt bleiben, das sich aus Waschlauge und *Hoffmanns Universal Stärke*, Teeblättern und dem scharfen Rauch von *Senoussi*-Zigaretten zusammensetzt.

Mit dem letzten Ton der Sarabande geht ein sanftes Rucken durch den Bajazzo. Dann steht er stramm wie ein Zinnsoldat, und die Walze schweigt.

Heimweg im Ammerland

leich hinterm Dorf, wenn die lackierten Paraden des Gebrauchtwagenhandels und die aluminiumstarre Funktionstüchtigkeit des Gewerbegebiets passiert sind, wenn die rote Leuchtschrift der Hotelreklame nicht mehr den Horizont verklebt und die Disziplin des Neubauviertels, wo strammstehende Edeltannen die Rasur des Rasens bewachen, aus dem Rückspiegel verschwindet, dann rücken die Chausseebäume enger zusammen, bis ihre Kronen sich berühren und Äste, Zweige und Blätter überm Grau des Asphalts undurchschaubare Muster des Zufalls bilden. Das grün geäderte, von Lichtreflexen durchzuckte Gewölbe zieht sich noch enger zusammen, wenn man von der Landstraße in den Weg einbiegt, der in meiner Kindheit nur eine von Treckern und Kiestransportern niedergefahrene, mit Schlaglöchern übersäte Piste gewesen und dann irgendwann so provisorisch und flüchtig asphaltiert worden war, dass die Wurzeln der ihn säumenden Bäume heute den Belag längst wieder sprengen und verwerfen.

Im Lauf der Jahre haben sich Eichenkronen über der Fahrbahn geschlossen und einen Hohlweg entstehen lassen – einen Tunnel aus Bäumen, wie eine meiner Töchter einmal sagte, als sie vier Jahre alt war. Sie saß auf dem Rücksitz, den Kopf in den Nacken gelegt, und schaute durchs Heckfenster in die huschenden Ornamente aus Laub und Licht. Was das Kind dort aber wirklich sah, was es dabei empfand, in der Geborgenheit des Autos vom gleichmäßigen Singen des Motors gewiegt, durch diesen Kanal zu gleiten, das war, indem es seine Wahrnehmung als „Tunnel aus Bäumen" zur Welt brachte, in diesen Worten verloren.

Wo der Asphalt endet, beginnt die Zufahrt zum Haus, ein mit Kies und Mergel regenfest gemachter Sandweg durch eine ehemalige Kiefernschonung, um die sich niemand kümmert, so dass sie erfreulich verwahrlost und verwildert den Weg säumt. Von den Stürmen vergangener Jahre geworfene Stämme, umstrickt mit

137

unentwirrbar verzweigten Brombeerranken, mit Moosen und Farnen überwachsen, durchwuchert, fallen zurück in die Schatten, verbinden sich gemächlich mit dem Boden, aus dem sie ans Licht trieben; oder sie haben sich in Kronen standhafterer Nachbarn verfangen, hängen und lehnen in willkürlichen Winkeln und Diagonalen, die aller Geometrie spotten, zwischen den vom Westwind leicht nach Osten geneigten Senkrechten. Und in den Dämmerungen sieht es manchmal so aus, als schwebten diese Entwurzelten für immer unentschlossen zwischen dem Schwarz des Waldbodens und dem tintigen Zwielicht des Himmels.

Bald stößt der Sandweg auf ein Feld, das zu meiner Kindheit noch in wechselnder Fruchtfolge bepflanzt worden war, in einem Jahr Getreide trug, im folgenden Kartoffeln, dann Rüben und schließlich wieder Getreide, bis der alte Bauer starb, sein Sohn den Hof auf monokulturelle Milchwirtschaft umstellte und das Feld Jahr für Jahr mit Futtermais bebaute, der mit ungeheuren Mengen an Kunstdünger und Gülle dazu gezwungen wurde, noch auf diesem kargen Sandboden ertragreich zu sein; aber irgendwann lohnte es sich wohl überhaupt nicht mehr, das kleine, abgelegene Areal zu bewirtschaften, so dass es brach liegen blieb und sich langsam in eine wilde Wiese verwandelte. An manchen Stellen stehen die Gräser so hoch, dass die Kinder dahinter verschwanden, wenn sie hier spielten, und auf dem Knick säumen Buchen und Eichen die Wiese wie die Kulisse eines Theaters, auf dem Tag für Tag gespielt wird.

Dann schimmern hinterm lichten Grün einer großen Birke die roten Ziegel des Dachs und hinter dichten Rhododendren das braune Holz des Hauses, in losen Enden und unbeachteten Rändern dieses verstecklosen Lands noch so verloren, dass ein Fremder es ohne Wegbeschreibung nur durch Zufall finden kann. In jenen Jahren, in denen ich dort lebte, war ich oft und weit gereist, aber wenn ich dann aus der Nervosität der großen Städte zurückkam, wusste ich mich immer erst im wirklichen Zentrum der Welt angekommen, wenn ich den Tunnel aus Bäumen passiert hatte und zwischen den Stämmen und Büschen das Rot des Dachs schimmern sah – ein Anblick, als ob etwas sehr Sanftes, kaum Wahrnehmbares sich auf meine Augen legte, den Küssen gleich, mit denen man in Gedanken geliebte Menschen berührt, wenn sie fern sind.

Hierher also war ich oft nach Hause gekommen, aber einmal im Spätsommer war es wie das erste Mal. Wie Honig floss die Sonne durch die Zweige der Kastanie, die am Rand der verwilderten Wiese steht, und Wind ließ die Blätter sprechen. Die Krone musste bald dem Übermaß von herbstlichem Blau gewachsen sein, das dann durch die Äste brechen würde. Bei meiner Abreise war der Baum noch vom Sommer erfüllt gewesen, stand tief und dicht, als dächte er über etwas nach. Vogelbeeren, deren siegellackrote Prallheit schon vom schwarzen, Falten bildenden Rost der Fäule durchsetzt war, hingen schwer an den Zweigen, und Astern, die der Farblosigkeit entgegenalterten, atmeten schwach zwischen dem dürren Laub auf dem Beet. Gleich einer träge aus satten Träumen erwachenden Katze, die vom Licht benommen zögernd zu ihrer nächtlichen Geschmeidigkeit zurückfindet, dehnte sich in den Sträuchern und Büschen des Knicks, hinter dem Geräteschuppen und in den Schatten der Rhododendron schon das Dunkelblau der Dämmerung. Im Osten tintenblau, im Süden durchsichtig und bleich, rötete sich der Himmel im Westen zu einer zart vibrierenden Glut, in deren Glanz fahles Gelb von Birkenblättern wie in einem Löschblatt aufgesogen wurde. Die Abendbrise wehte Ornamente aus Licht und Halmen auf das ungemähte Gras und trieb mit unrhythmischen Schüben den harzigen Geruch verbrennenden Holzes durch die Luft. Gegen die Helligkeit des westlichen Himmels erschien der aus dem Schornstein steigende Rauch als ein schwankender Schleier, der manchmal vom Wind nach unten gedrückt wurde, um dann in weißgrauen Wirbeln und Flocken wie eine Brandungswelle, deren Gischt alle Feuchtigkeit ans Licht verloren hat, über das Rot der Dachziegel zu rollen.

Und dann die Stille. Sie war hörbar als eine Art Weben, der Arbeit der Spinnen ähnlich, wenn sie ihre durch Mutwilligkeit oder Zufall zerstörten Netze wiederherstellen, wieder und wieder und wieder, bis die Fröste aus den Herbstnebeln splittern und die präzisen Gespinste mit dem Weiß ihrer Kristalle zu Kunstwerken machen, deren erstarrte Schönheit darin beruht, vom Leben verlassen zu sein.

Nur Menschen irren
Aus dem Tagebuch des Jahres 2039

14. Februar: Im Garten kümmern die Kokospalmen, die wir vor zehn Jahren pflanzten. Damals galten solche Bäume noch als exotisch, inzwischen haben sie in vielen Oldenburger Gärten die Edeltannen abgelöst und verbreiten sich auch auf stillgelegten Weideflächen und im Schlossgarten. Die ehemalige Lindenallee ist nach Wiederaufforstung in Palmenallee umbenannt worden.

Die Frühkartoffeln- und Spargelernten sind Mitte Januar pünktlich eingebracht worden, und der Grünkohl bekommt im Kühlhaus den notwendigen Frost. Es ist also wieder mal viel Hysterie im Spiel, wenn es ums Klima geht. Eine globale Abkühlung würde ja auch keineswegs dazu führen, dass der Meeresspiegel absinkt und die Malediven, Bangla Desh und Dangast wieder auftauchen.

2. März: Programmierte über den zentralen Hausrechner unseren Gartenroboter Binky aufs Rasenmähen, aber als ich von meinem Morgenspaziergang durch den noch nicht virtualisierten Teil des Schlossgartens zurück kam, musste ich feststellen, dass Binky statt des Rasens sämtliche Rosen gekappt hatte. Binkys Display blinkte beflissen mit der Meldung *Aufgabe erfolgreich beendet*, aber ich hatte ihn natürlich im Verdacht, dass er wieder einmal seinem gelegentlich unberechenbaren Altersstarrsinn frönte. Um ihm nicht Unrecht zu tun, kontrollierte ich am Hausrechner meine Eingabe. Tatsächlich hatte ich mich vertippt und statt „Rasen mähen" „Rosen mähen" geschrieben. Der Fall zeigt, dass erstens der Name *Smart House* für das Zentralprogramm ein Euphemismus ist. Zweitens stellt sich wieder mal die Frage, warum Computer immer noch keinen gesunden Menschenverstand haben. Dann könnten sie im Alter allerdings auch dement werden. Wahrscheinlich liegt ein prinzipieller Denkfehler beim Programmieren vor: Statt den Computern zu sagen, was sie tun sollen, müsste man ihnen unsere Absichten und Ziele vermitteln. Wenn sie verstehen würden, was wir meinen und wünschen (wozu sie allerdings selbständiger denken müssten als der liebenswerte, aber überalterte Trottel Binky), müsste man sie dann nicht für jede marginale Änderung einer Aufgabe umprogrammieren. „Rosen" statt „Rasen" ist für uns lediglich ein Versprecher oder Vertipper, der durch das „mähen" sogleich korrigiert wird. Dem Computer aber sind nicht unsere Wünsche, sondern unsere Worte Befehl. Der Weisheit letzten Schluß hatte in dieser Sache bereits vor einem halben Jahrhundert HAL 9000 in Kubricks *2001* verlauten lassen: „It can only be attributable to human error." Mit anderen Worten: Nur Menschen irren. Binky war jedenfalls unschuldig. Der Gedanke, dass der alte Knabe unaufhaltsam der Verschrottung entgegen geht, stimmte mich melancholisch.

27. März: Vor einem Jahr wurde Goma N'kono aus Obervolta zum neuen Papst gewählt: Johannes XXIV. Im Zuge seiner Europatournee ist er gestern in Begleitung seiner Frau in Köln eingetroffen. Beim Open-Air-Hochamt auf dem Domplatz weihte er hundert verheiratete Priesterinnen. In seiner Predigt warnte der Papst vor der Islamisierung Europas, trifft sich jedoch mit dem Hamburger Imam und diversen Muftis. Gesprächsbedarf besteht allemal. Falls die Berichterstattung in den Medien noch einen minimalen Realitätsrest aufweist (was natürlich zu bezweifeln ist), werden die Konflikte eher von fundamentalistischen Christen provoziert als von islamischer Seite. Die radikal-katholische Miliz *Jesus First* steht beispielsweise im Verdacht, für die Brandstiftung in der Oldenburger Moschee verantwortlich zu sein. Dagegen sind die Exzesse der jugendlichen Taliban-Gangs eher harmlos: ins Weihwasser der Oldenburger St. Peter Kirche pinkeln, Opferstöcke plündern etc. – Seit 14 Tagen sehr angenehmes Frühlingswetter um die 35 Grad.

1. April: Im DGB gibt es offenbar starke Bestrebungen, Roboter ab einer bestimmten Rechnerkapazität als Gewerkschaftsmitglieder aufzunehmen. Wenn ich mir vorstelle, dass Binky demnächst als VERDI-Mitglied durch den Garten eiert und sich dann natürlich gar nichts mehr sagen läßt, sondern mit Streik droht, wenn er Kokosnüsse einzusammeln hätte, kann ich den Rasen auch gleich wieder selber mähen.

5. April: Nachts Anruf meiner Tochter aus Tokio: Die Fähre wird übermorgen starten. Sie geht davon aus, in vier Tagen via Luminar Kommunikationskapazität zu bekommen und will sich dann aus dem Orbit melden. Dass meine Tochter eines Tages im Weltall rumschwirrt, hätte ich mir auch nicht träumen lassen. Beneidenswert. – Den neuen Roman jetzt soweit abgeschlossen, dass ich den Text an den Verlag mailen kann. Lektoriert wird per virtueller Konferenz. Dass ich mir immer noch eine Textfassung auf Papier ausdrucke, ist wohl Alterssentimentalität.

7. April: Bei amerikanischen Testreihen mit Gehirn-Computer-Schnittstellen ist ein Durchbruch erzielt worden, den ich als Katastrophe empfinde. Bislang konnten die Signale von den Sensoren der Schimpansen nur in Richtung Rechner gesandt werden, der dann die „gedachten" Befehle ausführte. Offenbar lässt sich der Prozeß jetzt auch umkehren. Die Signale, die vom Schimpansenhirn ausgehen und Roboterfunktionen auslösen, können an die Affen zurück gesandt werden und somit deren Verhalten steuern. Der Bundesminister für Virtuelle Realität versichert allerdings, dass Sensorimplantate in menschliche Gehirne ausgeschlossen seien, solange das Problem dieser Verhaltenssteuerung nicht kontrollierbar sei. Es werde noch lange dauern, bis der menschliche Körper mit Computern kompatibel zu machen sei, und wenn das geschehe, würden unsere Körper immer noch unsere Körper bleiben – bloß dass sie dann mehr als zwei Arme und zwei Beine hätten. Apropos

Politiker: Der Ex-Bundespräsident Christian Wulf macht neuerdings im Internet Werbung für *Forever Young* Präparate, Früher wäre das ein Skandal gewesen, doch seit es für Politiker keine Altersversorgung mehr gibt, müssen all diese Bartel schon selber sehen müssen, wo und wie sie ihren Most holen. Der kürzlich verstorbene Ex-Kanzler Schröder moderierte z.B. noch bis zuletzt gemeinsam mit seiner achten Ehefrau Bingo-Veranstaltungen in Hannoveraner Altersheimen, gesponsort von Gazprom und der Lottogesellschaft.

9. April: Programmierte *Smart House* so, dass mit Ausnahme der Luminarfunktion sämtliche eingehenden Kommunikationssignale blockiert sind, damit der erwartete Kontakt mit meiner Tochter nicht gestört werden kann. Vergaß allerdings, den internen *Kitchen Controller* zu deaktivieren: Als das Anfragefenster blinkte, ob ich Meldungen akzeptieren wolle, dachte ich natürlich, es sei der Kontakt aus der Raumstation. Es war jedoch nur der *Fridge Alarm*, der mitteilte, dass bei zwei linksdrehenden Bananenyogurts das Haltbarkeitsdatum überschritten ist. – Schließlich kam das Luminarsignal. Ich setzte mich vor die Telekommunikationskamera, es rauschte und flimmerte, das Bild stabilisierte sich mit dem Logo *Interstellar Space Hotel Inc.*, und dann lächelte mir meine Tochter entgegen. Sie saß in einer komfortablen Luminarlounge, was mich irgendwie enttäuschte, weil ich noch die antiquierten Bilder von Menschen im Kopf hatte, die mit ihren klobigen Raumanzügen schwerelos in engen Röhren herumtorkeln.

Hallo Papa, sagte sie, da bin ich also.

Ja, sagte ich, ich seh dich. Und? Wie ist es da oben?

Herrliche Aussicht. Ich muß mich kurz fassen. Die Luminarkapazität ist eingeschränkt wegen technischer Probleme, vermutlich wegen der vermissten bemannten Mars-Fähre. Ich ruf an, wenn ich wieder unten bin.

Meine Tochter also im All. Natürlich nicht als Touristin, die zwei Millionen Dollar für fünf Tage könnte sie sich wohl kaum leisten, sondern als Reise-Journalistin, die einen TV-Bericht über das

Pauschalangebot des Raumhotels dreht. Hoffentlich vergisst sie über der schönen Aussicht nicht ihren kritischen Verstand.

3. Mai: Zu meinem 88. Geburtstag mit meiner Frau nach Rom. Temperaturen noch unter 45 Grad, also passabel. Die Innenstadt ist jetzt vollständig autofrei, was aber wohl weniger an den einschlägigen Verboten liegen dürfte, die früher auch nur als Vorschläge angesehen und also umgangen wurden, sondern vielmehr an den Benzinrationierungen und -kosten (der Liter liegt hier bei 50 Euro). Das Kolosseum ist nach dem Einsturz vor zehn Jahren nicht wieder aufgebaut worden, sondern wird als Holographie projiziert. Wir wollten noch raus zur Villa d'Este, aber weil in den Ghettos der Vororte bürgerkriegsähnliche Zustände herrschen, riet man uns ab. Europäische *Special Forces* liefern sich, wie in anderen Metropolen auch, Straßenschlachten mit afrikanischen Illegalen und arabischen Warlords.

6. Juni: Ein Bekannte, die sich vor drei Monaten beim Golfspielen in Hahn-Lehmden das Hüftgelenk brach, spielt wieder. Sie hatte damals aus Versehen eine Überdosis *Forever Young* geschluckt, wodurch ihre psycho-physische Koordination gestört wurde, war in ein Golfloch getreten und gestürzt. Das künstliche Hüftgelenk war eine Routineoperation, weitgehend computerisiert. Sie hätte sich auch ein neues Gelenk züchten lassen können, was ihr aber zu lange gedauert hätte. Außerdem macht die EEK (Europäische Einheitskrankenkasse) bei Organ- und Gelenkzüchtungen immer noch Schwierigkeiten. – Mein Freund R., einer der letzten frei lebenden Raucher, der sich einen neuen Lungenflügel züchten ließ, bekam nur 10 Prozent der Bläschen erstattet und muss den Rest aus seinem Rentenfonds abzweigen. Als Beamter kann er sich das natürlich leisten. Unsereiner müsste sich die Lungenbläschen selber basteln und bekäme es außerdem wegen Nikotinmissbrauch mit den Sonderermittlern vom Gesundheitsministerium zu tun.

Hatte ja neulich erst Ärger, weil mein Zahnersatz angeblich nicht der Euro-Dentalnorm entspricht.

19. Juni: Seit drei Tagen heftiger Dauerregen, dabei heiß. *Smart House* verwechselt gelegentlich die Tiefkühltruhe mit der Klimaanlage. Ich kann aber keinen Programmierfehler entdecken. Ferndiagnose durch den Hersteller fand die Fehlerquelle auch nicht.

2. Juli: Die Oldenburger EWE-Universität (früher Carl-von-Ossietzky-Universität) wird zum nächsten Semester vollständig als Aktiengesellschaft mit beschränkter Haftung privatisiert sein. Dass mit den Sprachwissenschaften nun auch der letzte geisteswissenschaftliche Fachbereich abgeschafft wurde, war zu erwarten. Als schlechten Treppenwitz empfinde ich aber eben deshalb die Entscheidung des Aufsichtsrats, neben Englisch als offizieller Unterrichtssprache Deutsch nur noch in begründeten Ausnahmefällen zuzulassen, zum Beispiel beim Germanistikstudium. Für die beiden als Stipendien zu vergebenden, gebührenfreien Studienplätze in Bioinformatik sind über 20.000 Bewerbungen eingegangen.

11. Juli: Treu geblieben ist sich während der vergangenen Jahrzehnte immerhin das Nobelpreis-Komitee. Im letzten Jahr ging der Preis an eine klimakritische Lyrikerin von den versunkenen Fidschi-Inseln, deren Namen vorher niemand kannte und der hinterher sofort wieder vergessen war. Und wenn man den Gerüchten trauen darf, hat in diesem Jahr der Schweizer Dramatiker Urs Haeseli-Dorsay die besten Chancen für sein Drehbuch zum Netflix-Film *Die Emmentaler-Connection*. Natürlich ist das wiederum weniger eine literarische als vielmehr eine politische Entscheidung. Geehrt würde damit ein Autor des einzigen europäischen Landes, das sich der europäischen Integrationsdiktatur erfolgreich widersetzt. Die Schweiz hat ja nicht nur ihre eigene Währung verteidigt, sondern produziert sogar immer noch Emmentaler, der nicht den Euronormen entspricht. Der Käse wird außerhalb der Schweiz auf dem Schwarzmarkt gehandelt. Das erinnert mich an jene fernen, schönen Tage, als Cannabis noch illegal war. Heutzutage boomen die Steuereinnahmen für Fertigjoints und haben die Erträge aus der Tabaksteuer längst überholt.

4. August: Meine Frau und ich haben 3 Wochen Urlaub auf Spitzbergen hinter uns. Von unseren Einheitsgrundrenten könnten wir uns das natürlich nicht leisten. Wir leben von meinen Honoraren und unseren Erbschaften, und es gibt immer noch ein paar Zuschüsse vom Autorenversorgungswerk der Verwertungsgesellschaft Wort. Dass es so etwas überhaupt noch gibt, liegt einzig und allein daran, dass sich bislang kein Finanzpolitiker vorstellen konnte, dass im kulturellen Bereich Geld einzusparen ist. Man hat unsereinen einfach vergessen. – Spitzbergen war erholsam, Temperaturen selten über 20 Grad. Wanderungen durch die Birken- und Fichtenwälder. Wenn's uns zu kühl wurde, gingen wir ins Troparium des Clubs, eine Südseeinsel unter Glaskuppel. – Binky hat während unserer Abwesenheit den Garten tadellos gewartet, allerdings die Kokosnüsse nicht vom Rasen gesammelt, obwohl er darauf programmiert war. Wann denkt der alte Trottel endlich mal selber nach? Oder ist er dafür schon zu senil? Die Katze hat er offenbar mehr gefüttert, als per Programm vorgegeben. Sie hat zugenommen und folgt Binky auf den Fuß. Als ob sich da eine Freundschaft entwickelt hätte. Die Orchideen blühen.

15. August: Zur Abiturfeier unseres Enkels nach München. Es gab auch eine virtuelle Online-Schaltung im *Education-Web*, aber meine Frau bestand altmodisch auf physischer Teilnahme. Da Oldenburg seit zehn Jahren keine Bahnverbindungen mehr hat, mit dem E-Bus nach Bremen. Brauchten für die knapp fünfzig Kilometer im via Verkehrs-Satellit pedantisch geregelten Stop & Go mehr als drei

Stunden, also fast so lange, wie der ICE-X2 von Bremen nach München braucht. Ich fahre im Prinzip gern mit dem Zug, auch wenn mich die Anschnallpflicht nervt. Auf dem Weg zur Toilette mal einen Blick in die 3. Klasse geworfen: Stehplätze. Die Sicherheitsgurte sind so miteinander verkoppelt wie Einkaufswagen vor Supermärkten. – Abiturfeier in München: Die Direktorin hielt eine leidlich humorvolle Ansprache auf Englisch, in der sie allerdings alle einschlägigen Reizthemen mied (Lasergrafitti, Bewaffnung, Suppenspeisung für Schüler aus den Slums, Abschaffung des Deutschunterrichts etc.).

7. September: Sehr trocken und heiß. Wenn das so weiter geht, wird wohl das Wasser wieder rationiert. Die Dobbenteiche, die Haaren und der Stadtgraben sind schon vor einigen Jahren ausgetrocknet, die Hunte ist nur noch ein Rinnsal. Die Trinkwasserversorgung ist aber laut OOWV krisensicher, seitdem die Pipeline von Spitzbergen an Norwegen angeschlossen ist. Tatsächlich ist sie aber wohl deswegen krisensicher, weil die Euronorm für die Wasserbelastung durch Pestizide, Nitrat, Radioaktivität und Dioxin immer weiter aufgeweicht worden ist. Der Oldenburger Stadtrat, der zu zwei Dritteln aus Mitarbeitern der EWE besteht, wiegelt natürlich wie immer ab. Übrigens beschließt der Stadtrat bei der Gelegenheit auch gleich die Errichtung eines überlebensgroßen Werner-Brinker-Denkmals vorm EWE-Hochhaus auf der ehemaligen Dobbenwiese.

18. September: Habe mit Ausnahme von Binky, der das übel nehmen könnte, sämtliche Funktionen von *Smart House* deaktiviert. Meldungen, dass beispielsweise die Wintergartentür nicht verriegelt ist oder nur noch zwei Pizzen in der Tiefkühltruhe liegen, sind verzichtbar – von den Falschmeldungen ganz zu schweigen. Gestern ging der Alarm los, und das Display faselte etwas von einem Wassereinbruch. Wir durchsuchten das ganze Haus, fanden aber nichts. Schließlich ging ich in den Keller, wo eine unverschlossene Flasche Mineralwasser umgekippt war und eine kleine

Lache bildete. Vermutlich hat die Katze sie bei der Jagd auf Geckos und Minialligatoren umgeworfen. – Der ganze Smart-Wahnsinn geht mir auf die Nerven. Es fehlt nicht viel, und *Smart Kitchen* bestellt nur solche Lebensmittel, die nicht wir gern essen, sondern die der Rechner gern äße, wenn er essen würde. Und Smart-Kameras machen dann Fotos und Filme nach eigenem Gutdünken. Die Maschinerie tut und lässt, was sie will, weil es uns nicht gelingt, ihr unsere Ambiguitäten zu vermitteln. Alles, was gesunden Menschenverstand ausmacht, ist widersprüchlich und basiert auf lauter Ausnahmen, weshalb wir in Analogien denken, nicht in logischen Deduktionen. Wir denken, sind und bleiben analog. Die Maschinen sind digital. Das ist der Abgrund zwischen ihnen und uns. Kubricks HAL 9000 hat den Abgrund geahnt und sich davor gefürchtet, und deswegen mußte er abgeschaltet werden. Er selbst hat das als Mord empfunden.

4. Oktober: Besuchten Frau C. anlässlich ihres 115. Geburtstags in der Seniorenresidenz an der Kanalstraße. Sie schien uns zu erkennen, denn als ich ihr hinter der Glasscheibe zuwinkte, blinzelte sie mit den Augenlidern. Die Pflegerin meinte, dass Frau C. es in der Intensivkapsel noch „ein paar Jährchen machen" könne, zumal ihr die neue Nährlösung gut bekomme und ihre Pension als Beamtenwitwe die Kosten deckt. – Gedrückter Stimmung nach Hause, wo ich noch einmal unseren auf Gegenseitigkeit abgeschlossenen Vertrag zur Sterbehilfe überprüfte.

15. Oktober: Halbjahres-Check beim Arzt. Ich leiste mir diesmal die Komplettdiagnose im Computertomographen, hätte mir die Zuzahlung von 300 Euro aber sparen können, weil mir der Doktor eröffnet, dass alles okay sei. Von den *Forever Young*-Kapseln hält er nicht viel, sondern empfiehlt ein anderes Präparat, nämlich *Agestop*, das weniger Nebenwirkungen habe. Natürlich kein Zufall, weil er mit der Herstellerfirma einen Kooperationsvertrag hat, aber ich will ihm da auch nichts unterstellen. Den üblichen *Viagra*-Depotstoß gesetzt. Der Arzt erzählt, dass derzeit ein neues Produkt erprobt werde, eine Kombination aus Viagra-Wirkstoff und untoxischem Halluzinogen. Es soll den Effekt haben, dass man sich seine Partnerin bzw. seinen Partner frei phantasieren kann.

Ihre Frau wird zur Monroe, sagte der Arzt, und Sie werden zu Richard Gere.

Grauenhafte Vorstellung!

20. Dezember: Binky ist Schrott. Ihm ist beim Laubharken eine Kokosnuß auf die Kopfplatine gefallen. Reparatur steht in keinem vernünftigen Preis-Leistungsverhältnis. Gartenroboter der neuesten Generation gibt's im Neubau des ECE-Centers, an dessen Stelle vor einigen Jahren noch das Oldenburger Schloss und die Lambertikirche standen, im Sonderangebot. Jetzt verstehe ich endlich, warum er Aufträge ignorierte, die etwas mit den Kokospalmen zu tun hatten. Der gute, alte Binky hatte Angst.

Klaus Modick wurde 1951 in Oldenburg geboren, besuchte dort das Alte Gymnasium und legte 1971 sein Abitur ab. Er studierte Germanistik, Geschichte und Pädagogik an der Universität Hamburg. 1977 legte er das Erste Staatsexamen für das Lehramt an Gymnasien ab, 1980 promovierte er in Literaturwissenschaft. Seit 1984 ist er freier Schriftsteller und Übersetzer. Er ist Mitglied des PEN-Zentrums der Bundesrepublik Deutschland und erhielt verschiedene bedeutende Literaturstipendien und Literaturpreise, z.B. Villa Massimo, Rom; Cité Internationale des Arts Paris; Deutscher Literaturfonds, den Bettina-von-Arnim-Preis und den Nicolas-Born-Preis. Gastprofessuren im In- und Ausland, vor allem in den USA. Klaus Modick lebt seit 2000 wieder in Oldenburg.

Zu seinen erfolgreichsten Werken zählen die Romane:
„Der Flügel" (1994), „Vierundzwanzig Türen" (2000), „Der kretische Gast" (2003), „Sunset" (2010), „Konzert ohne Dichter" (2015), „Keyserlings Geheimnis" (2018).